Xiron Poetry Club

磨 铁 读 诗 会

Nicanor Parra Obra Selecta

反诗歌：

帕拉
诗集

[智利] 尼卡诺尔·帕拉 著
[秘鲁] 莫沫 译

江苏凤凰文艺出版社
JIANGSU PHOENIX LITERATURE AND
ART PUBLISHING

图书在版编目（CIP）数据

反诗歌：帕拉诗集 /（智）尼卡诺尔·帕拉著；
（秘）莫沫译 . —— 南京：江苏凤凰文艺出版社，2023.3
ISBN 978-7-5594-7353-0

Ⅰ. ①反… Ⅱ. ①尼… ②莫… Ⅲ. ①诗集—智利—
现代 Ⅳ. ① I784.25

中国版本图书馆 CIP 数据核字 (2022) 第 231497 号

反诗歌：帕拉诗集

（智）尼卡诺尔·帕拉　著　（秘）莫沫　译

校　译	里　所	
责任编辑	周颖若	
特约编辑	里　所　修宏烨　方妙红	
装帧设计	卢　涛	
出版发行	江苏凤凰文艺出版社	
	南京市中央路 165 号，邮编：210009	
网　址	http://www.jswenyi.com	
印　刷	河北鹏润印刷有限公司	
开　本	889 毫米 ×1194 毫米　1/32	
印　张	19	
字　数	320 千字	
版　次	2023 年 3 月第 1 版	
印　次	2023 年 3 月第 1 次印刷	
书　号	978-7-5594-7353-0	
定　价	99.00 元	

江苏凤凰文艺版图书凡印刷、装订错误可随时向承印厂调换

目录

III

俄罗斯歌谣 ———————————— 1967

大作 ———————————————— 1969

乌有之乡的新闻 ———————————— 1975

李尔：国王和乞丐 ———————— 2004

单只袜子

诗歌与反诗歌

1954

I

摇篮交响曲

一次走过
英式花园
无意中遇到
一位天使。

早上好，他说，
我回敬了他，
他用西班牙语，
我用法语。

请问，天使先生，
您可好？ [1]

他向我伸手，
我却握住了他的脚：
先生们，你们可想象不到，
天使到底什么模样！

天鹅般愚蠢，
铁轨般冰凉，

---

1 原文为法语"Dites moi, / don angel. Comment va monsieur."。

火鸡一样肥胖，
像您一样丑陋。

我稍稍受惊
但没离去。

我在他身上寻找羽毛，
羽毛被我找到，
比鱼鳞
还硬。

真是奇妙
完全像个魔鬼！

他愤怒了，
甩出金剑
反手攻击我，
我蹲下躲过他。

比他更荒唐的天使
相信此生不会再遇见。

我开怀大笑
拜拜了天使先生[1]，

---

1 原文为英语"good bye sir"。

您走好，
祝您好运，
祝您被汽车轧扁，
祝您被火车撞死。

故事结束了，
一，二，三。

为树木辩护

眼睛长得像杏仁的孩子
为何要被石头引诱
怀着诡异的念头
你想把石头投向那棵树。
任何清白的生命
都不应被如此虐待。
无论是那棵沉思的柳树
还是那些忧郁的橘子树
都应当永远被人类
珍惜和尊重：
凶恶的儿童伤害它
如同在伤害自己的父亲和兄弟。
我其实不理解，
如此邪恶的举动
怎能出自一个
娇嫩的黄发少年之手。
相信你的母亲
不晓得自己
养了这么个忘恩负义的孩子，
她把你当成真男人，
我正相反：
我认为全智利没有

比你更邪恶的孩子。

为何要被石头引诱

如被一把毒匕首引诱?

你清楚地理解

树木这伟大的生命!

它身上长着比奶汁、夜来香

更美味的果子;

冬季赋予我们金子般的柴火,

夏季银子般的树荫

胜过一切的是

它为我们增添了风与鸟类,

你斟酌一下,承认吧

没有像树一样的朋友,

无论你走到哪里

你总能在身边找到它

无论是踩在坚定的土地

还是

汹涌澎湃的大海

无论你躺在摇摆的摇篮

还是面临死亡的那天

树比镜子忠于真实

比奴隶还温顺

请你谨慎行事,再三斟酌,

要知道上帝在看着你,

你要向主祈祷

求得他原谅你这么严重的罪恶
让那块不知恩义的石头
永远别再从你手中飞出。

卡特琳娜·帕拉 [1]

她独自行走
穿过陌生的城市
不知她现况如何
我们的卡特琳娜·帕拉。

多久？有一年了！
没有任何关于
难忘的卡特琳娜·帕拉
的音讯。

行走在
倾盆大雨中
她往何处去？可怜的
卡特琳娜·帕拉。

啊，我如能知道！
但我对你的去向
一无所知

1　卡特琳娜·帕拉（Catalina Parra，1940—），智利艺术家，诗人帕拉的女儿。

苍白的卡特琳娜[1]。

我唯独知道
我说出这些话的同时
与你重逢的希望
被写成了密码。

哪怕只能
远远地看着你
难忘的女孩，
卡特琳娜·帕拉。

我的女儿，多少次
你被比作
晌午透彻的
光芒！

哦，走失的爱，
严守光芒的灯
希望此朵玫瑰
永不失去芳香。

1　原文为 Catalina Pálida，这里诗人将女儿的姓 Parra 替换为了 Pálida
（意为苍白的）。

下午茶问话

这位先生如同
蜡像般憔悴；
从破旧的窗帘一角他窥望：
到底是黄金还是美貌可贵？
是动荡的溪流
还是固守河边的草丛更珍奇？
听到远处
不知是悼丧还是报喜
的钟声；
是源泉的水，还是影子倒映
在水面的女子更真实呢？
怎能知道，人们是否忙于
建海市蜃楼；
什么更宝贵？透明的杯子，
还是制造它的双手？
四处弥漫
疲惫、浓烟和悲伤的气氛：
干枯的叶子说
曾经看过一遍，将来再看
会有所不同。
下午茶时间，烤吐司和黄油，
卷在朦胧不清的烟雾中。

快乐的一天

傍晚我穿过
家乡寂寞的街道
友善的黄昏陪伴我
它是我唯一剩下的朋友。
一切如故，秋天
以及秋天雾蒙蒙的灯光，
唯独时间和它那
暗淡，充满忧伤的披肩
笼罩着一切。
请相信，我从未想过
再回来看看亲爱的故乡，
回到故里后我却不解
当时怎能忍心离开此地。
一切没有改变，那些白色的房子
以及古老的木头门。
一切都在原处：蹲在教堂
塔顶的燕子们，
花园里的蜗牛，石头
湿润的手上的青苔。
毫无疑问，这里是
蓝天和枯叶的天堂
这里一切都有着自己

独特波澜不惊的故事：
就连在暗处
我都能发现
奶奶天蓝色的眼神。
那些都是少年的我所见证过的
难忘的事情，
广场一角的邮局
和老墙上的湿气。
我的天啊，上帝！人不知
珍惜真正的幸福，
当我们想象它很遥远
它却近在咫尺。
可怜的我，可怜的我，感觉某事提醒我
生活不过一场梦；
一场幻觉，一场无边际的梦，
一小朵浮云。
分段来说吧，我已经不知所云，
情绪正涌入我的大脑。
沉默的时辰
是我起航的时间，
一个跟着一个，在无声的波涛中
羔羊们回到羊圈
我一一问候了它们，
接着，走到小树林边
听到小树林发出的一阵

悦耳的，无法形容的
神秘音乐，
我想起大海，开始数叶子，
悼念我死去的姐妹们。
很好。我继续前行
就像一个对生活丧失了追求的人。
我从磨轮前走过，
停在一家小店铺门前：
永远不变的咖啡味道，
始终悬挂在我头上的月亮；
我分不出当年的河流和今天的河流
有何不同。
但我能够辨认这棵大树
是父亲曾经在家门前种下的。
（杰出的父亲，他当年人品好过
一扇敞开的窗户。）
我敢肯定他的行为
出自中世纪的规矩。
当狗甜蜜地熟睡在
一颗星星垂直的尖角下面，
我被慈母为了治疗咳嗽与悲伤
种下的紫罗兰的细腻芳香所萦绕。
我无法肯定
从那时已经过了多久；
肯定的是一切都一如往常，

桌上的葡萄酒和夜莺，
弟弟们此时会放学回家：
只是，时间抹掉了一切
犹如一场白色的沙尘暴！

这是遗忘

我发誓我连她的名字也不记得了，
但至死我都会称她为"玛丽亚"，
这并不是出于诗人的任性：
而是因为她身上城镇广场的气息。
那个年代呀！我像个稻草人，
她，一个苍白而阴郁的年轻女子。
某个下午放学
得知她突然意外死亡，
听到消息我非常震惊
流了一滴眼泪。
是的，我这个坚强的人，
只流了一滴眼泪。谁信呢！
倘若这些人传达的消息属实，
那么我应当确凿无疑地相信
她死时嘴里含着我的名字，
这使我惊讶，因为
在我心里她不过是个朋友罢了。
与她的交往局限在
一些简单的礼节性招呼，
只说过一些话，一些话罢了，
偶尔谈论过有关燕子的话题。
我是在老家认识的她（老家

现在已经变成一堆灰尘），

除了成为一个多愁善感的姑娘

我从未察觉她将有其他命运。

于是我开始用"玛丽亚"

这个神圣的名字称呼她，

这足够证明

我理论的准确性。

或许我吻过她，

但，难道不是人人都吻自己的好友吗？

尽管如此，请相信

我完全不确定自己是否有过这样的行为。

我不否认我曾经喜欢过她

那种空灵的朦胧不清的陪伴

那种让家里的花草熠熠生辉的

宁静的灵魂。

我绝不能否认

她的微笑曾经非常重要，

也无法忽略她那连石头都

可以感染的气质。

另外补充：黑夜是她眼睛笃实的源泉。

但，即便如此，你们必须明白

我并不爱她

顶多是对生病的亲戚

所怀有的那种隐约不清的感觉。

但是，令我至今惊叹不已的是，

她临死前嘴上挂着我的名字，
这是个既离奇又特别的事情，
她，完美无瑕的重瓣玫瑰，
她，曾经确凿无疑的灯光。
那些从早到晚抱怨
无情世界的人们
是有道理的，他们很有道理
这个世界连静止的车轮都不如：
坟墓都比它光荣，
一片发霉的树叶都比它可贵
确实没有什么是真实的，
没有什么是永久的，
包括旁观者的有色眼镜。

今天是春季蓝色的一天，
感觉我将死于诗意，
将死于我不知如何称呼的
著名的忧伤的女子。
我只知道她像只失控的鸽子
曾经穿越此世：
而我，无意中，
就像忘记生活里其他一切，
缓慢地，忘记了她。

歌唱大海

没有什么可以从我的记忆中摆脱
那盏神秘的灯发出的光，
它对我的眼睛产生的影响
以及留在我灵魂中的印象。
时间可以击败一切，但是
我认为即便死亡也无法把它抹掉。
容我，伴随着喉咙最好的回声，
来自我解释一下，
当时，说实话，我
连自己叫什么名字都不清楚，
还没有写第一首诗
还没有流下第一滴眼泪；
我的心仅仅是一个
广场上被遗忘的亭子。
碰巧，我父亲曾经
被放逐到南方，到遥远的
奇洛埃岛，那里的冬天
就像一座废弃的城市。
我与他一同启程，在一个晴朗的早晨，
不知不觉我们走到了蒙特港。
我的家人一直生活在
山谷里或山上，

因此，从未谈过大海
就是联想也未曾有过。
我唯独了解的
是学校教的那点知识
和从偷看姐姐们的
情书得来的一些传说风闻。
我们置身飘荡的旗帜
在隆重的钟声中
下了火车
父亲突然抓住了我的胳膊
眼睛转向那洁白的，
自由的和永恒的浪沫
正于远处驶向一个没有名称的国度，
他犹如祈祷，在我耳边用一种至今
难以忘怀的声音，说了一句：
"孩子，这，就是大海。"宁静的大海，
用水晶框住祖国的大海。
我不知道为什么，但那时
一种更大的力量充满了我的心
我不管不顾
凌乱无序，拼命地
奔向大海
在一个难忘的瞬间
我站在了那位伟大的勇士跟前。
紧跟着，我在波浪起伏的光束上

伸出了双臂，
身体僵硬，瞳孔固定
我望着远处的无尽真相，
身上的毛发悚立不动，
像雕像蓝色的影子！
我无法形容
与大海的相望持续了多久。
只能说，在那天，
我脑海里萌发了一种
躁动和渴望
想把上帝在我眼前
一浪又一浪、无休止的创造写成诗
从那以后，一种狂热焦灼的渴望
开始充溢着我：
因为，说实话，从地球诞生开始，
海的声音就存在于我生命中。

Ⅱ

天堂大乱

一位牧师，不知怎么，
到了天堂门前，
敲了敲青铜门环，
对应门的圣彼得说：
"你如果不肯让我进去，
我会摘走门前的菊花。"
圣人发出
雷霆般的声音：
"从我跟前滚开
带来厄运的家伙，
命令和金钱
对耶稣基督都不管用
谎言和骗局无法
带你走到他跟前。
这里不需要
你骨架上的光芒
为上帝和信徒
的舞蹈增添光彩。
你生活在人间靠的是
病人们的恐惧
出售一些假冒徽章
和公墓十字架。

其他人啃着
难吃的麸皮面包
你却用大肉和新鲜的鸡蛋
填饱肚子。
欲望的病毒
在你身上蔓延
滴着血的伞
来自地狱的蝙蝠！"
之后，刺耳的关门声，
闪电照亮了天空，
走廊颤抖
终于，那位修道士
没有教养的灵魂
滚回了
地狱的洞穴里。

圣安东尼奥

在教堂一角
隐士满足于
荆棘的痛苦
以及肉体的苦难。

一些苹果落在了
他被雨水淋坏的脚前
疑惑像蛇一般
透过玻璃在吹哨。

他被红酒染红了的嘴唇
因尘世的享乐
像血块
从口中脱落。

这还不是全部，他的脸颊
在晚霞的黑光里
浮现出深深的
生殖器留下的划痕。

他的额头
在空中挣扎
皱纹里被刻印了
人类的七宗罪。

自画像

小伙子们，请你们照顾
这个被癌症击中了的舌头吧：
我是个不起眼的中学教师，
因为教课而失去了声音。
（毕竟每周我教四十个小时的课。）
你们会如何看我这张像是被殴打过的脸？
有没有引起你们的怜悯？
你们再看，我这个被可恶的粉笔灰
弄烂了的鼻子。

而我的眼睛，三米以外
哪怕是我的母亲我也看不清。
这是为什么？很简单。
因为教课我毁了自己的眼睛：
教室黯淡无光，太阳光，
恶毒悲惨的月光。
而这一切图的是什么？
给自己挣一口可怜的面包
比一个布尔乔亚先生的脸更僵硬的面包
它有着血液的气息和味道。
我们为何生为人类
但有着与畜生一样的死亡呢？

因为过度劳累，我偶尔会
在空中看到一些奇妙的物体，
听到一些狂野的赛马声，
笑声，和诡异的犯罪计谋声。
你们观察我的双手
我的如尸体一样苍白的脸颊，
仅剩的几根头发，
和地狱般的皱纹！

即便如此，我曾经也像你们一样
年轻过，满怀美好的理想，
梦想自己将来能熔化铜，能磨钻石：
但，你们看我今天
站在这张别扭的桌子后面
被每周五百小时的工作和
刺耳的铃声吓得发呆。

歌曲

你是谁，悠然的
少女，你崩溃了
像那只悬挂在
玫瑰花瓣上的蜘蛛。

你的身体在熟透了的
被热风从树枝
摘下的苹果中闪烁。

你与太阳一同落下，
你是罂粟的金色奴隶，
在摘下你花瓣的
男人的怀中哭泣。

年轻女子，你是女人还是神？
你从花蕊深处
涌现，如一个崭新的
阿芙洛狄忒。

深受伤害的你
从圣杯中涌现
展开你的身体，

快乐地呻吟着
如酒杯似的碎裂了。

像大海的女人
在海浪中被侵犯了
你比赤色云彩的天空
还娇媚。

桌子已摆好，咬碎
让你心烦意乱的葡萄吧
愤怒地亲吻那
让你癫狂的水晶吧。

给鸽子的颂歌

多么有趣，这些
嘲笑一切的鸽子们，
小小的彩色羽毛
和巨大的圆形腹部。
像秋天吹散了的树叶
从饭堂走到厨房
停留在花园里吃着
苍蝇，各种都来一点，
啄着黄色石头
偶尔站在公牛的背上：
它们比弹枪和
长满虱子的玫瑰更荒谬。
它们复杂的飞行轨迹
迷惑着一些四肢不全的人
被认为是解释此世和来世的暗号。
千万不能轻信这些家伙，
它们有着狐狸的嗅觉，
蛇一样的冷漠智慧，
以及鹦鹉的老练机敏。
它们比教师和肥胖的
牧师还虚伪。
稍不注意它们就会像

一些发癫的消防员
破窗而入
抢走保险箱。

希望有一天
我们真能团结起来
像一只威武的母鸡
保护着她的小鸡。

墓志铭

中等个头，
声音不高不低，
身为一位小学老师
和女裁缝的长子；
虽然生来消瘦
但酷爱美食；
脸颊凹陷
耳朵丰满；
四方形的脸上
微微张开一双眼睛
混血拳击手的鼻子下边是
阿兹特克神的嘴唇
——这一切被充满讥讽和
玩世不恭的表情所笼罩——
智商并不超群也不算太蠢
简单地说，我在世时曾经是醋和油
搅拌在一起的混合体
一个天使和魔鬼做成的肉肠！

Ⅲ

警告读者

作者概不负责作品引发的烦恼：
哪怕读者为难
他们也必须永远知足。
撒伯利乌是个宗教学者，
也是个幽默大王，
当他否定了圣灵三位一体那堆教条时
难道他为这些异端邪说承担过责任吗？
即便有，他的应对方式多么诡异！
他摆出一堆自相矛盾的奇谈怪论！

法学家们说此书不适合出版：
因为书中没有"彩虹"这个单词，
也只字不提"痛苦"，
"傻子"。
但桌子、椅子，这些话语却到处可见，
还有棺材！办公用品！
说实话，此事令我骄傲
因为，在我看来，天正一点一点塌下来。

读过维特根斯坦《逻辑哲学论》的凡人
可以荣幸地拍拍自己的胸脯
庆幸找到了这本稀有的书：

可惜维也纳学派早已解散，

成员失散后销声匿迹

我呢，决定向意大利的月亮骑士宣战。

我的诗或许终究是在捕风捉影：

我的反对者会说"此书的笑声不真实！"

"书中的眼泪是假的！"

"作品应当触动人们，但它却让人感到无趣"

"婴儿般的撒娇撒痴"

"作者像在打喷嚏"

我同意：但请你们千万不要走回头路，

因为我将像腓尼基人一样，给自己创造一种崭新的文字。

"那你何必打搅公众呢？"读者朋友会问道：

"如果作者本人贬低自己的作品，

那么我们还能期待什么呢？"

且慢，我绝对不是在贬低什么

或者说，我只是强调我的观点

宣扬我的缺点

把我的作品捧上天。

阿里斯托芬的鸟 [1]

---

1 古希腊剧作家阿里斯托芬于公元前 414 年创作了喜剧作品《鸟》，该作品是现存的唯一一部以神话幻想为题材的喜剧。

在自己头上
埋下父亲的尸体。
（每只鸟都是飞翔的墓地。）
在我看来
革新这个仪式的时间到了
我希望把翅膀埋进读者的脑袋！

拼图

我不给任何人权力。
我酷爱一块抹布。
我迁移坟墓。

我迁移坟墓。
我不给任何人权力。
在阳光下
我是一个荒谬的家伙
快餐店的仇敌。
我怒火冲天。

我无可救药
连头发都指责我
在一个旧的祭坛上
机器不饶人。

我在一把椅子背后偷笑
脸上爬满苍蝇。

是我表达不当
没有任何缘故。

我说话结结巴巴
用脚触摸某种胎儿。

这些胃是来做什么的？
是谁制造了这个大杂烩？

最好还是装傻。
我正话反说。

风景

你们看见月亮上悬挂着一条人腿
像一棵倒长的树
那条可怕的腿飘在空中
唯独月光
和遗忘的气息照亮它!

给一个陌生女人的信件

当岁月流逝，当
岁月和空气在你和我
的灵魂之间挖了一个坑；当岁月
流逝而我只是一个爱过你的男人，
一个曾经在你唇边停了片刻的人，
一个厌倦了逛花园的可怜的男人，
你会在哪里？哪里？
啊，我的吻的女儿！

旅行笔记

我远离工作岗位许多年。
专心旅行，专心与其他人对话，交换意见，
我专心睡觉；
偶尔，过去的一些场面活灵活现地出现
在我的记忆里。
跳舞时我想着一些荒谬的事情：
比如前一天路过厨房时
看到的生菜，
我会想入非非思考一些我家人的问题；
瞬间船已驶入河流，
前行在一堆海蜇当中。
这些镜头般的场景影响着我的情绪，
强迫我把自己锁在机舱里；
很不情愿地吃些东西，与自己过不去，
在这艘船上我是一个永久的祸害
因为我随时可以想出一些自相矛盾的念头。

牧歌

我将一夜成为百万富翁
多亏我的发明，可以把图像固定
在一个凹面镜，或凸面镜上。

如果我再发明一个双面棺材
允许尸体窥视另一个世界
我会更加成功。

我已筋疲力尽
看着这场荒唐的赛马竞赛
骑手从马背摔下来
落在观众席上。

为了生活宽裕我做这些发明
是理所当然的
或者至少能让我死去也罢。

腿肯定正在发抖，
我梦见牙齿脱落
而且参加葬礼要迟到了。

钢琴独奏

既然生活总是在别处，
是杯中那些闪光的泡沫；
既然树木不过是一些会摇摆的家具：
是永远在摇晃的椅子和桌子；
既然我们只不过是人类罢了
（就像上帝不过是上帝罢了）；
既然我们发言不是为了被听到
而是为了让更多人发言
而回音发生在声音之前；
既然在打着哈欠和充满空气的花园中
我们连混乱带来的安慰都没有，
因为向女人索取过多
死前需要解决一个难题
我才能平静复活；
既然地狱里也有天堂，
允许我做一些事情吧：

我想用脚发出声音
希望我的灵魂找到她的身体。

朝圣者

女士们先生们，请注意：
把头转向共和国的这一边，
今晚请放下个人事务，
快乐和痛苦可以在门口等待：
从共和国这边传出了声音。
先生们，女士们，请注意！

这个多年以来一直被塞在瓶中的灵魂
生活在一种挑战着性和智力的深渊里
偶尔通过鼻子摄取少量食物
在此希望被你们听到。
我希望你们告诉我一些事情，
我需要一点光，花园里飞满了苍蝇，
我处于崩溃的精神状态，
思维任性；
当说出这些话时，我看到一辆自行车倚在墙上，
还看到一座桥
和一辆在建筑群中消失的汽车。

你们梳头，这是真的，你们步行穿过花园，
你们的皮肤底下还有另一层皮，
你们拥有第七感

这使你们可以进退自如。
我是个躲在岩石后面喊母亲的男孩，
我是个能让碎石跳到自己鼻子上的朝圣者，
一棵希望身上长满了树叶的树。

献给托马斯·拉戈[1]的几句话

进入正题之前，
进入精神层面之前，
我想说的是：想想你自己吧，托马斯·拉戈，
慎重考虑未来吧，
考虑我们将失去的那些，
它们将离开我，离开你，
离开所有关注我们的人。

我指的是那个阴影，
你拖着的不完整的生命
像一个需要养活的牲口
我指的是某件物品，
你持续收藏的风格独特的家具，
和那些花圈和丑陋的马鞍
（我指的是一束光）。

我第一次在奇廉[2]见到你

1　托马斯·拉戈·平托（Tomás Lago Pinto，1903–1975），智利诗人、研究员和文化活动家。他是帕拉的好朋友，是智利民间文化遗产保护和传播的先驱，被称为"智利民间艺术的先知"。

2　奇廉（Chillán），智利城市，是诗人帕拉童年成长的地方。

在摆满了桌椅的房间里
离你父亲的坟墓几步之遥。
你正吃着一只冷鸡，
大声喝着一瓶葡萄酒。

告诉我你当时从哪里来。
夜车继续向南行驶，
你是来游山玩水，
还是，想乔装打扮隐蔽起来？

当年的你已经老了，
我们穿过操场，
它更像是杀人的屠宰场：
我们需要坐一整夜电车
才能到达那个该死的鬼地方，
那个长满鲜花的厕所。

紧接着，各种杂乱无章的会议，
致命的书展，
托马斯，还有令人烦闷的选举，
都是一些理想和幻觉。

这一切多么悲痛！
既悲痛又快乐！
通过伤痕和悲痛我们出演了

富有寓意的一出戏！
烦恼，恐惧，
成千上万小小的疼痛，堆积如山
转变成一个更剧烈更深的痛苦！

简而言之，请你思考这些吧，
思考我们剩下的寥寥无几的这些吧，
如你愿意，请你思考来世，
因为，思考是应该的
也因为，认为自己在思考也是有用处的。

青春的回忆

实际上我当年一直徘徊不定地走着，
途中偶尔撞到一些树，
撞到各种乞丐，
在堆积如山的桌椅中我为自己开道，
提心吊胆地望着大片树叶落地。
但这一切毫无用处，
我越发陷入一种泥浆中；
人们嘲笑我的冲动，
他们像被海浪冲刷的海藻在椅子上挪动，
女士们向我投射憎恨的目光，
命令我爬上爬下，
逼我时哭时笑。

这些事情激发了一种厌恶感，
还惹出一场胡言乱语的风暴，
威胁，谩骂，不可理喻的誓言，
胯部筋疲力尽地摇摆着
一种葬礼的舞蹈
使我呼吸艰难
让我整日整夜
无法抬头。

我确实徘徊不定，
灵魂飘荡在大街上
寻求帮助，寻求温暖；
手里拿着一张纸和一支笔我闯入墓地
决心不再受骗。
我纠缠着同一件事不放，
我仔细观察着，
有时一气之下扯掉自己的头发。

我是这样开始教书的，
像个被子弹击中了的伤者爬行在学校大堂，
我走进一些私人住宅，
极力用语言与人们交流：
他们看着报纸不理睬我
或消失在一辆出租车后。

那么，我应当去哪里呢？
这个点店铺已全部关门；
我脑子里想着晚餐时瞥见的一块洋葱，
想着将我们与其他深渊隔开的深渊。

黑洞

我有段青春年华是在几个姨妈家度过的
这要怪一位她们熟悉的男士去世后
他的鬼魂无情地打扰着姨妈们
使她们无法正常生活。

最初，我对她们不断发来的电报
和那些措辞陈旧
随处引用典故的来信，
不予理睬
信中常常提到一堆我不认识的人名
什么古代的智者，
一些中世纪无足轻重的哲学家
和她们的街坊邻居。

但是，仅为了满足三个
麻烦不断
歇斯底里的老妇人
突然离开大学，
中断一种富有风情的生活，
对我这种有个性的人而言，
是一种荒唐的想法，
会葬送我的美好前程。

结果，我在黑洞里住了四年，
四年间折磨不断
每天从早到晚
和可恶的老妇人们共处一室。
就连偶尔在树底下乘凉的快乐
也很快被日积月累
我竭尽全力隐瞒的
苦闷所淹没。

为了不引起任何怀疑，
那几年我过得很苦闷
灵魂好像被关在了牢狱深处
仿佛被塞进玻璃瓶中!
我对地球有一种精神上的认识
这使我事事处于相对劣势的位置。
因为我是通过万花筒看一切的
万花筒底部姨妈们的画像活灵活现地
像绳索连在了一起
形成一种不可攻破的网
这让我的视力越来越差。

资源匮乏的年轻人很难认清事实。
他活在一个"艺术""欲望"和"科学"
的玻璃瓶中

试图与外界建立一种
只对他和一小群好友有意义的联系。

某种蒸汽通过地板
弥漫在我周围
使一切变得模糊不清
我整夜整夜地坐在写字台前
专心练习着意识流写作。

何必过多谈论这些不愉快的往事呢
总之，那些老女人无情地骗了我
用虚情假意的承诺，奇谈怪论
和装出来的病痛
成功地捆绑了我几年
让我为她们做家务，
做农活，
替她们售卖家禽家畜
直到某天晚上，我通过门缝
看到一个老妇人
就是患有麻痹症的那位姨妈！
她正伸着腿大摇大摆地走着
就这样，我带着一股魔鬼般的愤怒，立刻回到了现实。

毒蛇

多年前，我不幸爱上一个卑鄙的女人
为她我牺牲了许多，受了很多屈辱和嘲讽，
为了让她丰衣足食我不分黑天白夜地工作，
我甚至开始犯罪，犯一些错误，
在光天化日下小偷小摸，
伪造一些敏感文件，
因为我担心在她那迷人的眼睛里失去魅力。
我们心情舒畅时会逛公园，
或者乘摩托艇拍照，
或者到咖啡馆的舞池
疯狂跳舞
直到凌晨。

我做了那个女人魅力的囚徒很多年
她会裸身出现在我办公室
用身体摆出各式各样最难以想象的姿势
唯一目的是将我可怜的灵魂融入她的轨道
关键是想从我身上勒索金钱直到我一无所有
她反对我与家人保持联系。
这条毒蛇凭借在自家报纸上发表一些诽谤消息
让我的朋友远离我。
我一分钟不得歇息

必须时刻满足她热情和专横的要求，她让我亲吻她
还要随时回答她愚蠢的问题，
通常有关永恒和来世，
这一切让我沮丧不堪，
突然耳鸣，恶心，晕倒
她是个实际的人，很会利用这些机会
飞快地穿上衣服之后
迅速离开我的房子，扔下困惑不解的我。

这种情形持续了五年多
有时我们住在墓地附近的一个豪华社区
一个租来的圆形房间
(有些夜晚，我们的蜜月被闯入的老鼠打断)。

这条毒蛇还有仔细记账的习惯
她记卜了我欠她的所有人人小小的账
她不允许我使用我送给她的牙刷，
还经常指责我毁了她的青春：
她怒气冲冲地把我告到法院
要求我尽快偿还欠她的债务
说是需要这笔钱来继续学习。
我呢，只好流浪街头靠别人的施舍过日子，
我睡在广场的长椅上，
多次被警察发现正半死不活地
躺在一堆秋天的落叶中。

幸亏事态并没有恶化，

因为曾经有一回我在广场上

正准备在镜头前摆个姿势

一双细腻的女人的手突然蒙住了我的眼睛

只听到一个心爱的声音在问我"我是谁"。

"你是我的爱。"我安详地回答

"我的天使！"她紧张地说，

"让我再一次坐在你的膝盖上吧！"

然后我看到她裹着一条小布裙。

那是一次难忘的相遇，虽然发生了许多令人不快的事情：

我在离屠宰场不远处买了一块地，她振奋地说，

我打算在那里建一个金字塔

在那里可以度过生命的最后几天。

我已经完成了学业，现在是个律师，

我的资本雄厚；

她补充说，我们做一个有利可图的生意吧，我们两个，

我的爱人，

我们在世界的远处筑我们的巢吧。

我回答说，别那么多废话，我不相信你的计划，

你想一想，假如哪天我真正的妻子让我们都

破产，怎么办。

我的孩子已经长大了，时间流逝了，

我感到筋疲力尽，让我休息片刻吧，

女人，给我拿水来，

给我找点吃的，
我饿疯了，
不能再为你效劳了，
我们之间一切都结束了。

陷阱

在那段时间，我刻意回避着各种神秘兮兮的场面。
像一个饮食清淡的胃病患者，
我宁愿待在家里琢磨一些例如
蜘蛛如何繁殖的问题，
我躲在花园
直到深夜才露面；
或挽着袖子，带着充满挑战的眼神，
对月亮投以愤怒的目光
我尽量避开那些沉闷的想法
它们像肉瘤子一样贴在人的心灵上。
我独自一人时可以绝对控制住自己，
我左右徘徊，但，我很清醒自己的行为
有时我躺在仓库的木板上
做梦，设计一些器具，解决一些紧急的小问题。
此刻是我练习我著名的"做梦法"的最佳时间
就是强迫自己去做事先安排好了的梦，
梦之前要准备一些与来世有关的场面。
通过这种方法我可以获得许多
困扰着人类的宝贵信息：
比如出国旅行，性爱生活中的担忧，宗教方面的情结。
但我的预防措施远远不够
因为一些难以解释的原因

我开始沿着一种倾斜的平面往下滑动，
我的灵魂像个泄气的气球慢慢失去重心，
我的生存本能不灵了
我放弃了最基本的个人成见后
掉入电话这个陷阱中
——它像漩涡似的吸引着周围的东西——
我用颤抖的手拨了那个就连睡觉时
我都会不停重复的该死的号码。
那几秒钟是渺茫和痛苦的
我像个骷髅站在那张可恶的
盖着黄布的桌子前，
期待拨通世界另一端的号码，
感觉下半身被困在一个坑里。
那些电话中的嘈杂声
像牙医的钻孔机，
像从上面抛下来的针，嵌入我的灵魂
到了关键时刻，
我开始出汗，结结巴巴地，
舌头像块牛排
阻挡着我们的对话
就如隔离活人与死人的黑色窗帘。
我并不希望谈话过于亲密
但我发出的充满渴望和电感的声音
尴尬地导致着相反的结果。
听到有人勉强用亲切的口吻

称呼我的全名，我就浑身不适，

为了尽快摆脱此痛苦

我用一种快速的问答方式对话

但这却令她情欲绵绵

反过来又影响了我

使我微微勃起，充满无助感。

这时，我会强行大笑，精神极度虚脱。

类似这种荒唐的谈话可以持续几个小时

直到公寓老板娘从屏幕后出现

突然打断我们愚蠢的恋情，

我们才能终止那些奇谈怪论

和挂断电话后继续

让我的灵魂沮丧不安的灾难

因为这些通话往往致使我们

决定第二天在某个快餐店

或某个我不愿意记起名字的教堂门前约会。

现代世界的弊端

现代的犯罪分子
他们有权利每天观光各种公园。
身上戴着性能超强的眼镜和怀表
他们闯入死亡青睐的报刊亭
在玫瑰盛开的地方建立自己的实验室。
在那里他们监控闲逛的摄影师和乞丐
力图建立一座崇仰贫困的小庙
如有机会，他们会买下一位忧郁的擦鞋童。
受惊的警察逃离这些怪物
朝市中心奔跑
年末的大火将在那里燃起
一位勇敢的蒙面男人抢劫了两位修女。

现代世界的弊端：
汽车和电影院，
种族歧视，
红皮肤印第安人的灭绝，
银行的各种高级敛财手段，
老人遭殃，
跨国性变态集团秘密贩卖人口，
自我推销和暴饮暴食，
隆重的葬礼，

阁下的亲密好友，

把民间艺术提高到精神范畴，

滥用毒品和哲学，

富家子弟的沦丧，

自淫和性虐待，

过分宣扬梦和潜意识以致忘掉常识，

过分信赖血清和疫苗的功能，

阳具的神化，

反动媒体宣扬的过分开放的国际政策，

奢望权力和金钱，

淘金热，

被美元致命地操纵，

投机交易和堕胎，

偶像的毁灭，

营养学和教育心理学的过度发展，

跳舞，抽烟和赌博的恶习，

新婚之夜后床单上的血滴，

海洋的癫狂，

社交恐惧症和幽闭恐惧症，

原子的分解，

相对论的血腥幽默感，

想回到子宫的妄想，

对异国情调的追逐，

航空事故，

焚化，大规模的批斗，没收护照

这些都无道理，
只因为它们会让人头晕，
梦的解析
和无线电狂热的蔓延。

综上所述，
现代世界由人造花组成，
他们长在一些死气沉沉的玻璃温室，
也由电影明星组成，
由月光下鲜血淋漓的拳击手组成，
由一些控制着国家经济的公子们组成，
他们用的是一些简单易懂的策略；
他们穿着初秋黯淡无光的黑衣，
靠树根和野菜充饥，
然而，博学的智者们腐烂在教堂的地窖中，
被老鼠吃掉，
高尚的灵魂被警察无情地迫害。
现代世界是个庞大的下水道：
豪华餐厅挤满了易于消化的尸体
和飞得很低的鸟。
这还不是全部：医院里充满了骗子，
更不用说，那些所谓的精神领袖们，他们在手术患者
的肛门中
建立自己的殖民地。

现今的实业家有时会遭到环境污染的影响，
他们打着瞌睡病倒在纺织机旁
就这样他们变成了天使。
他们否认物质世界的存在
这些坟墓的孩子还在为自己的可怜处境而骄傲。
可世界一直都是这个样子。
真理，就像美一样，不是创造出来的，也不会销声匿迹
诗歌存在于事物中，或只是心灵的幻象。
我认为一场严重的地震
可能在几秒钟内摧毁一座拥有丰富传统的城市
一次精心策划的空袭
会击倒树木、马匹、王座和音乐。
但这一切无关紧要
因为，世界最伟大的女舞蹈家
在贫困和遗忘中死在法国南部的一个小镇
春天会把一些失落的花朵归还给我们。

我们尝试着快乐吧，
我建议通过舔那些可怜的人类肋骨
从中吸取振兴我们的精华，
大家各取所需吧。
让我们抓住那些神圣的废料不放！
让我们一边喘气一边打颤
亲吻那些令我们心醉的嘴唇！
然而，大局已定。

让我们再一次呼吸这恼人的有害的香气

再过一天天选之子的生活吧：

男人们从腋窝下抠出几把泥捏造自己偶像的脸。

从女人的生殖器中取出稻草和泥土来建造自己的寺庙。

总而言之

我在领带上养了一只虱子

对着从树上爬下来的白痴微笑。

戒板

梦见我在沙漠里，对自己感到厌烦
就开始殴打一个女人。
天寒地冻；得做点什么，
点燃篝火，或做些运动；
但是我头疼，无力，
只想睡觉，我想死。
衣裳沾满鲜血
我的手指间夹了几根头发
——它们属于我可怜的母亲——
"你为什么要虐待母亲？"一块石头问我，
满是灰尘的石头问我，"你为什么虐待她？"
听不清这些让我战栗的声音从哪里来，
我看着手上的指甲，咬了它们，
我试着转移注意力但没有成功，
周围只有一片沙漠
那个偶像的形象，
是见证我所作所为的上帝。
突然，几只鸟出现了
同时，在黑暗中，我发现了一些岩石。
我想方设法去弄明白这些岩石到底是什么：
"我们是戒板。"它们说
"你为什么虐待母亲？"

"你看栖息在我们身上的鸟"

"它们在记录你的罪行"

但我打着哈欠，这些告诫让我感到无聊。

"把这些鸟打发走"，我大声说。

"不"，一块岩石回答道。

"它们代表了你的各种罪过"

"它们在那里盯着你"

之后我回到我的女人身边

比以往更用力地打她。

为了保持清醒，

我别无选择，只能继续行动

否则我会沉睡在那些岩石

那些鸟群中。

这时，我从口袋里掏出一个火柴盒

决定烧毁神的半身像。

我非常冷，需要热身

但火只持续了几秒钟。

我绝望地再次寻找戒板

但它们消失了：

岩石也不见了。

母亲抛弃了我。

我拍打着自己的额头；但是

我无能为力了。

一个个体的独白

我是个个体。
最初居住在一块岩石上
（在那里我刻了一些图像）。
之后我找了个更适合居住的地方。
我是个个体。
最初我必须找到食物，
找鱼类，鸟类，寻找柴火
（之后再考虑其他问题吧）。
烧火，
柴火，柴火，在哪里可以找到柴火？
一些可以生火的柴火，
我是个个体。
我一边问自己，
一边走到一个空旷的深渊，
一个声音回答了我：
我是个个体。
之后我试图搬到另一块岩石，
我在那里也刻了一些图像，
一条河，一些水牛，
我是个个体。
但是，我对所做的事情感到无聊，
火困扰着我，

我想看到更多，

我是个个体。

我走到河水流淌的山谷中，

在那里我找到了自己需要的，

一个原始的族群，

一个部落，

我是个个体。

看到那里发生一些事情，

刻在岩石上的图像，

他们生火，他们也生火！

我是个个体。

他们问我来自哪里。

我回答：是的，我没有具体计划，

我回答：不是的，从今往后。

好的。

我在河里发现了一块石头

我开始磨它，

把它磨平，

我使它成为自己的一部分。

但这是个漫长的故事。

我砍了几棵树来造船，

我找鱼，

我找着不同的东西

（我是个个体）。

直到我又开始感觉无聊。

暴风雨很无聊，

雷声，闪电，

我是个个体，

好吧。我继续思考，

许多愚蠢的问题浮现在我脑子里，

一些伪命题。

于是我开始在森林里游荡。

从一棵树到另一棵树，

我到了一个泉眼，

一个有几只老鼠的洞；

我来了，我说，

你们在这里看到过

一个会生火的原始部落吗?

就这样我在其他生物的陪伴下，

或者独自

向西迁移。

他们告诉我，只有相信才能看见，

我是个个体。

我在黑暗中看到的是一些形状，

或许是云，

或许是闪电，

总的来说，几天过去，

我感觉要死了；

我发明了一些机器，

制造了一些手表，

一些武器和车辆，

我是个个体。

我几乎没有时间来埋葬我的死者，

几乎没有时间播种，

我是个个体。

几年后，我想到了一些事，

一些形状，

跨越边境

被困在一个所谓的窝里，

在一艘航行了四十个白天、

四十个夜晚的船上。

我是个个体。

然后发生了干旱，

然后是战争，

有色人种进入了山谷，

但我必须继续前进，

必须生产。

我生产了科学，不变的真理，

我制作了许多希腊塔纳格拉斯雕塑，

编写了很多数千页的书。

我的脸肿了，

我发明了留声机，

缝纫机，

第一批汽车出现了，

我是个个体。

有人把星球隔离了，
甚至隔离树木！
但我隔离的是工具，
家具，文具，
我是个个体。
城市，
道路也建成了，
宗教机构过时了，
他们寻找幸福，寻找快乐，
我是个个体。
后来，我专注旅行，
练习，练习语言，
语言，
我是个个体。
我通过门锁偷窥，
是的，我偷窥，我说，我偷窥，
为了消除疑惑我偷窥了，
在一些窗帘背后，
我是个个体。
好的。
或许我最好回到那片山谷，
回到那块我居住过的岩石，
然后重新开始
从尾到头
刻下一个颠倒的世界，
但是不必了：生命毫无意义。

长奎卡歌谣[1]

1958

1　奎卡（Cueca），智利的一种民俗歌谣，用口口传唱的方式，述说历史和风土民情。《长奎卡歌谣》是帕拉1958年发表的诗集，帕拉执意把奎卡这种民间文化带入文学领域，在当时是一种大胆的尝试。此书由四首诗组成，更因作者的妹妹——智利著名艺人维奥莱塔·帕拉（Violeta Parra）的谱曲，在智利首都广为人知。

葡萄酒四行诗

紧张，但不悲伤
我怀着一种谦卑的心情
为我的坏嗓音
向所有来客表示歉意。

我带着棺材般的脸
和我的老蝴蝶
出现在
这场庄严的聚会。

我问道：还有比
两个灵魂知己之间
分享一瓶葡萄酒
更高贵的事情吗？

葡萄酒有种力量
可让人钦佩或困惑
可以化雪成火
再把火变成石头。

葡萄酒是一切，它是海
是一步跨两里路的神秘靴子

它是魔毯，是太阳
是七舌鹦鹉。

有人喝了解渴
有人为的是忘掉身上背的债
我喝是为了在月亮上
看见壁虎和青蛙。

不把自己血红的酒杯
喝干净的家伙
不配被称为（在我看来）
一个好基督教徒。

饮酒可以
使用铁罐、水晶杯或陶罐
但更好的是把它盛在风铃花
灯笼花或百合花中。

穷人喝酒
忘掉
为无法偿还的债务
所流的泪和罢的工。

若有人让我在
钻石或珍珠之间

选择，我更偏爱
白葡萄和黑葡萄。

盲人端酒杯
看到了光和火花
而生来跛足的人
跳起了奎卡舞。

当以最真挚的情感
豪饮一杯葡萄酒
能与之相比的
也只有少女之吻。

故而，我举起酒樽
对着夜空中的太阳
饮下这杯能让我们
心灵相通的圣酒。

酒葫芦和酒坛子

酒葫芦和酒坛子
为了终止流言蜚语
久经周折
决定结婚成亲。

他们爬上
绿水牛拉的车
水牛的名字分别是
"玉米酒"和"甘蔗酒"！

仲冬时节
倾盆大雨下个不停
蹚过一条流着
白葡萄酒的河。

酒葫芦和酒坛子相伴
无比开心
身旁的垂柳笑着
仙人掌也传出爱抚的信号。

牧师先生
手里捧着一串

葡萄做的念珠
在教堂门口祈祷。

亲戚与家人应邀
参加小型婚礼仪式
教父是个酒桶
教母是个烟斗。

迎接新郎新娘
回家的
是个装满白葡萄酒的羊皮酒囊
和一个盛满红葡萄酒的坛子。

婚宴准备就绪
杯子抱住酒瓶
跳起华尔兹
舞会开始了。

轰轰烈烈的晚会
持续了许久
嘉宾漏斗说
直到最后喜气都未消。

敬酒

献给人间的和神圣的

我来敬酒吧，爱说闲话的浪子说
敬摩尔人也敬基督徒
无论什么
都值得一敬。
我是智利人，天生如此
平时卖命地干活
在北方做矿工
南方人称我为乡巴佬
为了温饱
周一至周五起早贪黑
勤奋打工，
一到周六，不瞒你们说
我会开怀畅饮
这都是上帝的安排
撒谎，我就不是我了！
哎，有喝不完的酒真好
喝累了，就停下来休息
你们可以夺走一切
但要把酒瓶留下
等到鹧鸪长出尾巴

猪群飞上天

再把酒从我手中夺走吧。

边吃饭边看着

苦闷的生活

随着一杯一杯喝掉的酒消失

感觉真好。

老板娘！再开瓶好酒

让我们趁声音洪亮

继续干杯吧。

我想为一切敬酒

——我不禁又端起杯子——

为天地人间所有神圣的和

庸俗的敬一杯

为被钉十字架的

基督的七个伤口敬酒

为十字架的两块木板

和三根铁钉敬酒。

当然，也为

希腊人和罗马人

土耳其人、犹太人

印第安人和西班牙人

端酒祝福！

猫头鹰告诉了青蛙

天亮前，我们会把

一整条香肠当下酒菜

吃掉！
任何人不得恼火
把脑袋抬起来！
明天太阳照常升起
不是吗，老友胡安
老马努尔，你这家伙
还不举杯把酒喝光！
还愣着等什么？
你是见鬼了
还是马被吓傻了？
别跟我讲
疯马的故事
我可是个
实在的奇廉人
虽然跌跌撞撞
但永不倒下——

别浪费剩下的几瓶酒
把它们喝掉吧
浪子笑着说
万一哪天穿过山腰时
冷不防
死神绑住我们不放呢。

长奎卡

我来唱个奎卡
歌长情意重
让我的女人看看
我可是一条不容易上当的好汉。

舞者说
场面可以更喜庆更热闹
只要唱歌的人带头
他们能跟着跳一宿不停。

跳一宿吧，
我的南瓜花
只有战场上
才能见真英雄。

雄鸡开唱了
我们一同唱吧
这是圣贝尼诺的
长奎卡。

爷爷告诉我
世上每个女人

都长着两颗痣
一颗在地上，一颗在天上。

一颗痣在天上，宝贝呀
为了看一眼
挨两三枪
我都愿意。

愿意放下所有武器
咱们四句四句来
已经四十天
没与人打架。

没与人打架，五，
六，七，八
用帆布把脚腕
遮住。

帆布遮住，
到九了
天空又打雷又闪电
就是不下雨。

就是不下雨
二五一十

库卡欧和琼琪之间
是惠林克。

看我的，宝贝
已经唱了十一段
你要是跟我走
我送你一张
青铜色的床！

青铜色的床，我的心肝
要真跟我走
我会切开血管
昏迷过去。

昏迷过去，十二了
再来一个是十三
这是麦耐斯家人
唱的长奎卡。

麦耐斯家人，是的
十四，十五
那边起舞的家伙
跳得像个猞猁。

跳得像个猞猁，宝贝

他们挥着手风度翩翩
抓住最美丽的女子
挥着绳子绑起来。

挥着绳子绑起来，
鸭子繁殖
十六天
生个崽。

生个崽，是的
十七岁的少女
为一个当兵的
丧了命。

十七岁的少女，是的
我不会因此烦恼
自由是自由的
万岁，数到十八了！

水降，滴水不降
雨落，滴雨不落
这是长奎卡歌谣
我们已唱到十九。

轻踢踏　那跳舞的女士

苗条身材
腰肢纤细
像被磨刀石磨成细条。

细腰，是的
月光下
有一位脑袋发亮
像仙人掌的家伙。

我老家不在圣地亚哥
我是蓝克切人
那边黑天是白日
白日是黑天。

我在
老奥罗拉家上班
那边每小时收费
五百比索。

每小时五百比索，哎，是的
价格是否太贵了？
傲慢的人跳舞
衣裳格外轻巧。

傲慢的人也会跳

炸小鱼脆脆咬
品味这东西
因人而异，只多不少。

因人而异，塔尔卡[1]
巴黎，伦敦
那边月亮升起
这边日落而息。

在圣保罗大街
车水马龙
蝴蝶在人群中乱飞
拥挤不堪。

他们出售的西瓜
和哈密瓜
散发的香味
让人心动不已。

罗莎·马丁奈斯女士
——这次来个单数押韵——
她脱掉靴子

---

1 塔尔卡（Talca），智利中部城市。

身上仅剩下短裤哟。

格罗丽雅·阿斯图迪奥小姐
当然不落伍
把内裤和胸衣
全部脱掉。

胸衣脱去，是呀
多明戈·佩雷斯
女人呀比蜥蜴
还机灵。

女人机灵呀，
佩雷斯·多明戈
快快用香皂给自己
洗个澡！

一位脱了牙的老太太
不慎摔倒，用力过猛
两腿朝天
一副不雅的样貌。

另外一个老太太说
苹果梨子
都怪你，这把年纪

玩得那么起劲。

玩得起劲，是呀
你们这些幸运的家伙
可以跳长奎卡
跳一宿，跳到死。

踢踏带踢腿

我的家乡不是柯依维柯
我是耐布林托人
那边的乡巴佬
只喝红葡萄酒。

我生在波特穗罗
成长在酿柯
那边的家伙
在红葡萄酒里洗澡。

我会死在
圣维森特
那边的牧师们
漂在烈酒中。

纯纯的烈酒
酒加水
每次死个老人

世上会添两个娃娃。

增添娃娃呀
发酵酒带着沉渣
世上的女人
都有贵人保护呀。

经过圣茂里秀大桥
险些从桥上掉下
滚下山崖峭壁
掉入沟里。

经过圣马修桥
一个沙袋
掉在我脑袋上
真是难以忍受呀。

快速踢踏 高高的山
一千个山坡
两个舞者
针锋相对。

针锋相对，是呀
土豆拌紫菜
两只鸟接吻

快活又愉快。

两只鸟接吻，是呀
拥抱接吻
骨架子在一起
骨头碰骨头。

骨头碰骨头，哎呀
潘乔，弗兰斯希柯
你们别来摆阔气
我可是查税的。

查税的，是呀
夜莺啊
你永远都会
噘着嘴吃花中的蜜汁。

打喷嚏不是笑声
笑声亦不是哭泣声
香菜的确香
但也不过如此。

来吧，哭吧笑吧
此歌至此结束。

沙龙篇

1962

过山车

半个世纪以来
诗歌一直是
那些庄重傻子们的天堂。
直到我和我的
过山车出现。

你们如果愿意，就坐上来吧。
当然，要是你们下车后七窍喷血
本人概不负责。

安第斯山万岁

我有一个无法克制的欲望
喊出"安第斯山万岁"
"打倒海岸山脉"!

我不知为何会产生这种念头
但我已忍无可忍:
安第斯山万岁!
打倒海岸山脉!

事实上,四十年前
我就想打破
摆在鼻子跟前的这点视野
然而,当时我胆小怕事。
但现在不了,先生们
一切顾虑烟消云散:
安第斯山万岁!
打倒海岸山脉!

听到我说的了吗?
一切顾虑都烟消云散了!
安第斯万岁!
打倒海岸山脉!

假如因此我的声带撕裂
我也没有办法
（说实话，声带撕裂的
可能性很大）
好吧，假如真的撕裂了
就意味着我无可救药
没有希望了。

我是个对太阳西下
无动于衷的商人
是个穿着青色裤子
消失在露珠里的教师
一个布尔乔亚，一个小资产阶级
对晚霞中的红云无所谓！
但我仍然要爬上露台
声嘶力竭地发出肺腑之言：
安第斯山万岁！
打倒海岸山脉！！

原谅我在大自然的花园中
丧失理智
但，我将一直喊到死为止
安第斯山万岁！！
打倒海岸山脉！！！

警告

我不允许任何人说
不理解我的反诗歌
大家应该轰然大笑才是。

我为之抓破脑袋
希望穿透读者的心灵。

你们停止提问吧。
在死亡面前
人人只能面对自己。

最后澄清一点:
我不怕招惹麻烦
不怕打草惊蛇。

在墓地

一个胡须很长的老人
晕倒在坟墓跟前。
在地上摔破了额头。
围观的人们希望帮助老人；
一位给老人号脉，
另一位用报纸给老人扇风。

补充一个有趣的细节：
还有一位女士亲吻着老人的脸颊。

不完美的新郎

一对新婚夫妇
在一座坟墓前。
新娘穿着一身白色的衣裳。

我躲在一根柱子背后观察
不想引人注目。

悲伤的新娘
拔着父亲坟墓周围的杂草
此时不完美的新郎
在一旁看杂志。

我要求停止这出戏

女士们先生们：
我只想提出一个问题：
我们到底是太阳的孩子
还是大地的孩子呢？
倘若只是大地的孩子
那么有必要继续这出戏吗？
简直不可理喻
所以，我强烈要求立即收场。

摩艾石像

不确定他们是精灵
还是一些墓地的纪念碑
最小的有四米
最大的十二米
横躺在地上。

不确定那些尖峰石阵
那些可敬的前辈们
是否由石头做成。
远看像是硬纸剪出来的。
或许碳十四可以断定他们的来历。

真希望永远不要揭露
这些神秘岩石的秘密。

木乃伊

一个木乃伊穿过雪地
一个木乃伊走在冰上
另一个木乃伊走在沙漠中。

一个木乃伊穿过草原
另一个木乃伊陪伴他。

一个木乃伊打电话
一个木乃伊照镜子
另一个木乃伊开枪。

所有木乃伊搬走了
无影无踪地离开这里。

几个木乃伊坐到餐桌上
几个木乃伊递烟
其中一个木乃伊似乎在跳舞。

一个年龄较大的木乃伊
给自己的孩子喂奶。

地狱一游

我骑在马背上
到地狱走了一趟。

在地狱第一层
看见几个人依靠在
装满麦子的麻袋上。

地狱第二层
遇到一群在火焰中骑自行车
无法停下来的人。

地狱第三层
遇到一个人
他像是雌雄同体。

那个骨瘦如柴的人
正在喂一些乌鸦。

我连着几个钟头
在马背上疾驰
终于到了森林中
一个巫婆的房子前。

险些被一只狗咬了。

到了地狱第四层
我看到一个长胡子的老人
他光秃秃的脑袋像个西瓜
手里拿着玻璃瓶
正在精心制作一个瓶中船。

老人善意地看了我一眼。

到了地狱第五层
一群年轻学生
正踢着一个
用碎布头做的球。
天气寒冷刺骨
我难以入眠，
为了取暖
我把身体依偎在
墓地中的坟墓旁
就这样度过了一宿。

第二天我继续
沿着山脉前行
看到一些

被游客烧焦的
树木。

还剩下两层。

在其中一层
我看见自己坐在
一张黑色餐桌前
吃着鸟肉
身旁只有
一个煤油炉子。

进入地狱第七层
我什么也看不见了
只能听到一些奇怪的声音
可怕的笑声
和刺穿我心灵
的哀叹声。

下海

我离家出走
到了瓦尔帕莱索[1]。

这段时间
我写的诗很糟糕
备的课同样糟糕。
这出戏该收场了：
几分钟后我准备
骑车到奇廉。

我一天也不想待在这里
我只是在等
身上的羽毛被晒干。

如果有人问起我
告诉他们我正奔向南方
一个月后返回。

---

1 瓦尔帕莱索（Valparaíso），位于智利西海岸中部，是智利最重要
的港口之一。

告诉他们
我感染了天花。

快接电话！
难道没听到电话铃响了吗？
该死的电话声！
真会把我逼疯！

如有人问起我
告诉他们我被关在监狱
或者说我去了奇廉
给父亲扫墓。

我一点活儿也不想再做了
我做的已经不少
难道我做的不够吗？
你们希望
愚弄我多久呢？

我发誓永远放弃写诗
永远不解方程式
我将永远告别这一切。

快买一张去奇廉的车票！
走遍圣地！

快餐店

趁着午餐时间
我来反思一下自己
未来有多少双手臂等待我拥抱?
有多少黑色的花瓣等待我把它们合起来?
或许我只不过是个幸存者!

半导体收音机提醒着我
需要完成的任务、课程和诗歌
它传出的声音
像来自坟墓深处。

我的心不知如何是好。

我假装照镜子
一位客人在他妻子面前打喷嚏
另外一位点燃一支烟
另外一位读着《晚间新闻》。

我们又能怎样呢,无叶子的树,
除了再最后向
世外桃源的方向看一眼!

答应我，晦涩的太阳
发光吧，哪怕只是一瞬间
哪怕之后你将永远熄灭。

女人们

让人望尘莫及的女人，

两米高的女人，

像是用意大利白底蓝纹大理石雕刻出来的

不抽烟不喝酒的女士，

由于担心怀孕

而不愿裸露自己身体的女人，

不愿做母亲的

不可被触犯的维斯塔贞女，

用嘴呼吸的女人，

结婚前

保持贞节

但举止像男人的女人，

因为高兴而脱衣服的女人

（她酷爱古典音乐），

脸朝下摔在地上的红发女人，

为爱情献身的女人，

用一只眼睛偷窥的女人，

只肯在沙发或悬崖上

做爱的女人，

讨厌性器官的女人，

只肯与自己的宠物狗交配的女人，

装睡的女人

（丈夫小心翼翼地举起火柴照亮她），

没有原因

或许是寂寞，或许是为了忘却

而以身相许的女人，

守身到年老的女人，

近视眼的女教师，

戴墨镜的女秘书，

戴眼镜的苍白无力的年轻女人，

这些维京女战士，

这些可敬的主妇们

总有一天会把我逼疯。

桃色对话

——我们在这里待了一个钟头
而你说的总是千篇一律；
难道你想用笑话把我逼疯吗？
你的笑话我已经听过无数遍。
——你不喜欢我的嘴唇和眼睛吗？
——我当然喜欢你的眼睛。
——那你为何不亲吻它们？
——我当然会亲吻它们。
——你不喜欢我的胸和大腿吗？
——怎么会不喜欢胸呢！
——那你为何没有任何反应呢？
赶快抚摸它们吧。
——我不喜欢被强迫。
——那你为什么让我裸体呢？
——我没有说让你裸体。
是你自己愿意裸体的：
赶紧吧，在你丈夫回来之前把衣服穿上吧。
别争论不休啦，
在你丈夫回来之前，赶紧把衣服穿上吧。

一组作品

1

人人撒谎，
唯独我，说的是真话。

数学虽然无聊
但它可以解决温饱问题。

诗歌相反
写诗是为了继续活着。

没有人
喜欢背黑锅。

写作针对的是自己
别人是这么期待的。

写诗这件事真的很肮脏！

哪天，在一个你们无法预料的日子
我将开枪自杀。

2

我看一切不顺眼
看太阳不顺眼
看大海更烂透了。

人类是多余的
云彩是多余的
只要彩虹就够了。

我的牙齿被蛀坏
我的想法是先入为主的
我的精神是不存在的。

受苦之人的太阳
一棵爬满猴子的大树
被搅乱了的感官。

脱节了的图像。

我们离开别人的思想
无法活下去。
艺术使我退化
科学使我退化
性使我退化。

请说服自己，上帝不存在。

诗干掉了我

我不炫耀自己干掉了什么
对之我不抱有任何幻想
本希望继续写诗
不过，灵感已尽。
诗表现得很好
但我表现得太糟。

他们知道责任在我
倘若我说
我表现得好
是诗的错
我又能得到什么呢？
因此，我甘愿做个白痴！

诗表现得很好
是我一点儿都不尽责
诗干掉了我。

三种诗意

1

我已经没有什么好说的了
该说的
早已被说过许多回。

2

我提过众多问题
始终得不到答复。
期待悬崖立即回复
时间不多了，道远日暮。

3

世上只有一件事情是肯定的：
肉腐烂了会长虫。

蝴蝶

好似深渊的花园中
一只蝴蝶引人注目：
它断奏的飞行
鲜艳的色彩
装扮翅膀尖部的黑色圆形诱人图案。

它的腹部形状诱人。
当它被绿光笼罩着
在空中盘旋
当它摄取晨露和花粉
依于花瓣背面栖息
我的视线始终紧随不放
当它偶尔越过围栏
加速飞行
消失在小花园外
我的意念仍然跟随着它
几秒钟
直到我恢复理智。

我有一些精彩的想法

坐在森林中的长凳上
我险些被一位女士搞疯
真是个女巫之夜!

起初我们客气地以"您"相称。
我话不多
她不停地找出新话题。

她是钢琴家教
她自付学费
她坚决反对抽烟
她通过函授学速记
她想学产科
茴香的味道会使她打喷嚏
她做梦扁桃体被切除
黄色使她发怒
她在林奈莱斯过国庆节
一个月前她得过阑尾炎。

她还从桉树上摔下来过。

这些显然不够,

她又继续说姐夫在追她
前不久闯入她的闺房
朗诵起莎士比亚。

说实话我有些不耐烦了，
极度不愿再假装下去。
我脑子里也产生了一些精彩的想法。

我也说一些胡言乱语
每个人都有自己一套道理：
"不然，我们去旅馆开房？"
她说不，需要先等一星期时间。

我坐出租车把她送回宿舍，
她发誓很快联系我。

小资产阶级

如果想加入小资产阶级天堂
首先得学会
搞一些纯艺术
咽下许多唾沫：
总之，实习期很长。

需要学的技能还有：
温文尔雅地系领带
递名片
抖掉鞋上的灰尘
使用威尼斯古董镜子
了解自己正面侧面的形象
学会喝白兰地
区分中提琴与小提琴的差异
穿睡袍接待客人
掌握如何防止脱发
以及如何咽下许多唾液。

随时可以使用各种招数。
比如，妻子看上了别人时
建议用下列办法应对：
用剃刀剃胡子

学会欣赏自然美
用纸造出美妙的声音
电话聊天
使用步枪
用牙齿咬断指甲
以及咽下许多唾沫。

若小资产分子
想在沙龙聚会上发光
一定要学会四肢爬行
笑着打喷嚏
学会在悬崖边跳华尔兹舞
崇拜性器官
在镜子前裸身
用铅笔摘花瓣
以及咽下许多唾沫。

想起一个问题
耶稣是小资产阶级吗？

显而易见，想走入
小资产阶级天堂
必须全方位地掌握杂技技巧：
想走入天堂
必须全方位地掌握杂技技巧。

难怪真艺术家
喜欢捉虱子!

为了打破恶性循环
提议做一些无偿的事情:

时隐时现
僵尸般走路
在废墟中跳华尔兹舞
全神贯注地抱着一位老人
向垂死者询问时间
朝手心吐口水
西装革履去大火现场
闯入葬礼游行的队伍
探索与女性以外的体验
打开坟墓
看里面是否长着树
留着明星般的胡子
无目的且随性地讲话
只为语言的魔力
以思想的速度
从一条街走到另一条街。

通宵派对

知道彻夜不眠要不得
但我仍然决定体验一下。

新郎没有正装
新娘衣裳格外单薄
婚礼是四十公里以内
最红火的晚会。

婚宴上一位留着胡子的男士问道：
婚姻的本质是什么？
为了让出嫁者陷入道德困境吗？

婚礼办得分外精彩：
酒像热血一样流着
蛋糕满天飞
仿佛是魔术师变出来的
月亮光秃秃的脑袋
犹如太阳在天上发光。

酒流向北边
蛋糕飞向南边
晚会上无人指手画脚

大家都很文雅！

一位客人跳军事舞
头朝下摔倒
脊椎断了
另一位客人
险些沉没在花园
的泳池中。

年轻人也不甘示弱
手足舞蹈：
像空中飞碟！
一个小痞子摔碎了南瓜
另一个把手指夹在门缝
远远能听到他们的叫喊声！

会场熄灯时
认不清谁是新娘
女人们在爱情的熏陶下
兴高采烈
到处可见
取之不尽
用之不竭。

情侣们翻云覆雨！

我挑逗婆婆
但遭到了她的拒绝。

我们玩得起劲
邻居也敲门抱怨：
一位上了年纪的女士大声喊着
把音乐关小点。
她不知说了几遍
说已经半夜三更
我们的狂欢
几时完。

真是乐极生悲：
一些人玩得欢
另一些人却打了起来。

警察
出现在晚会大厅
看到客人都在打哈欠
昏头昏脑睁不开眼。
我也晕头转向
脑子一片混乱。

晚会以我们被带到警察局而结束！

警察做笔录时
我看到一个牌子
"禁止吐痰"。

末了，一切处理妥当
大家安然无恙。

狗日子

教师与他的狗日子。
不同程度的沮丧。
牙齿对粉笔产生的
声音感到不适。

教师与一位精确的女人
教师和一位妥当的女人
如何找到妥当的女人呢?
一种自然的,
看起来不像男人的女人。

痛苦使视觉变弱
淹没新浮出的皱纹。
那些逐渐长大的学生
他们蔑视的眼神
在大厅里走动的姿势

我可以接受侮辱
但不能容忍虚情假意
和令人反胃的议论。

学校是知识的殿堂。

校长却留着
明星般的胡子。

妻子的裸体
（此时仿佛看到
一只直发的猫头鹰）。

取消脸颊上的吻
（停止比开始更难）
家庭变成了战场。

女人用腿捍卫自己。
老年人的性问题
作品出现在选集中
做作、痉挛。

教师别无选择：
教师观察蚂蚁。

我的舌头粘在了上颚

正当我渴望表达什么时
舌头居然粘在了上颚
无法说出一个完整的句子。

丈母娘的诅咒终于实现了：
我的舌头粘在了上颚。

此时地狱到底发生着什么，
使我耳朵发红发热？

疼痛令我不能说话
只能吐出一些孤立的单词：
树，阿拉伯，影子，墨水
难于拼成一个完整的句子。

我几乎站不住
变成了行尸走肉
也无法喝水。

我的舌头终于粘在了上颚。
连花园的空气都使我感到厌烦。

地狱里一定有事发生
因为我的耳朵在燃烧
鼻子流出血来！

你们知道我与女友之间发生了什么吗？
我发现她和另外一个人接吻
我不得不痛打她
否则那家伙会玷污她。

但我现在只想玩得开心
你们开始为我挖坟吧
我要跳舞直至死去为止
但是千万别叫我醉鬼！

我很清楚自己的立场
我为所欲为，你们看到了吗？
我可以跷着腿坐下
我可以吹一个想象的哨子
可以跳一段想象的华尔兹舞
可以喝点想象的饮料
可以朝自己开想象的一枪。

更何况，今天是我的生日
把所有椅子摆到桌前
我想和椅子跳个华尔兹舞

我的舌头粘在了上颚。

我尽一切努力谋生
请把所有椅子摆到桌子前
我对朋友很大方
我把一切都给他们
——他们可以随心所欲——

给朋友准备盛宴
给朋友准备酒水
给朋友准备女友
我把一切全提供给朋友。

但请不要乘虚而入!

你们说酒精使我发狂?
孤独才使我发狂呢!
不公才使我发狂呢!
狂妄才使我发狂呢!

你们知道教会兄弟给我的劝告吗?
叫我永远不要吃黄瓜蛋糕!
你们知道方济会兄弟对我的劝告吗?
叫我千万勿用手给屁股洗澡!

我的舌头终于粘在了上颚。

仅适用于一百岁以上的人

在一群从天上飞下来的鸽子底下
我悠闲地伸出胳膊

并非因为个人原因！

想要身上的衬衫原谅我
得等四十个春季
因为实在缺少女人。

我不想说一些淫言秽语
或那些智利俗语
如果月亮领会了我
那将是双向的永恒。

因为实在缺少女人。

你们饶恕我的散漫吧
否则我会吞鼻血！

我让古董在阳光下飞起来
我诧异地打喷嚏
我痛苦地鞠躬

就是在英格兰所鞠的那一躬
一个会吐火的棺材。

我在街头一向以牙还牙
没有那棵树我会怎样
享受性高潮吧。

我把伤痕藏起来
暗自嘲笑我一生的顽皮
其实我是个怯懦的无神论者。

我狡猾地在天堂闯荡
盼着在耶稣受难日
空中驾云
往圣墓教堂方向奔走。

仅适于百岁以上的人
我假装这些与自己无关
因为迟早
会出现
一位能够解释一切的牧师。

死者独白

我有幸接受
死亡科学
赋予我这个机会
让我澄清一些有关
探险地球的经历。
等时机到了
我再谈来世的体验。

首先，请容我笑一笑
就像生前那样笑着：
智慧和笑声其实是一体的。

我出生时妈妈看到我说
我拿这只蝌蚪怎么办？
于是我瞎忙起来，玩面粉
到处打碎玻璃窗
有时会藏在玫瑰花丛后面。

起初，我做办公室小职员
但受不了
天天处理商务文件。

最痛恨的是接电话。

之后，我未婚生子两三个。

一个讨厌的律师实习生
曾发火指责我
犯了"抛弃第一任妻子罪"
他问我："你为何抛弃她"
我一拳打在桌子上说：
"是那位女人自己抛弃了自己。"

真让人恼火。

我与宗教的关系，可以这样总结
有一回我衣着天主教男修会的服饰
步行穿过山脉
边走边把路上的老鼠变成鸽子。

我想不起怎么
走上了"文学之路"。

我最初想通过幽默
感动我的读者
但事与愿违。

有人说我神经质。
当然，他们指责我
因为我喜欢钻牛角尖。

不过，我一直顽强地为自己争气!

别人用法语写作
我用马普切语和拉丁语
写一些让人咬牙切齿的诗句。

在那些奇怪的诗句中
我嘲讽太阳、月亮
讥讽大海、岩石
我甚至
嘲笑死亡
是我过于轻浮吗? 还是我不够机智?
然而，我确实嘲笑死亡。

我对神秘学的偏爱
为我挣得了
十八世纪大骗子的臭名
我坚信未来是可以预言的
只要学会观察烟雾、云彩，或者花朵。
另外，我还喜欢亵渎祭坛。
直到被当场抓获。

要加倍小心神职人员，小心啊！

我还逛了许多花园
好似一位新堂·吉诃德
但我不与风车战斗
也从没对绵羊发火！

你们理解我说的吗？

我因个性天真怪异
闻名遐迩
我本是一个可尊可敬的老人呀。

我时常停步与乞丐谈笑风生
不是出于宗教慈悲情怀
仅仅为了打发时间而已！

我还为了满足观众
假装思路清晰
一本正经地表达思想
但我心里很为难
往往把柏拉图与亚里士多德混为一谈。

绝望中，疯狂的我
会沉迷于幻想理想中的女人。

我承认没当成合格的小丑
时而会变得阴沉
陷入昏暗的深渊！

半夜我会突然开灯
满脑子黑暗念头
像一个没有眼珠的眼窝
使我凝固不动
因为担心干扰鬼神们
就默默地躺着，眼睛盯住灯泡。

或许我的一生可以拍成一部电影
关于我在地球的探险
但我不想忏悔
只想说如下几句话：

许多色情的离奇场面
数次自杀未遂
最终我还是自然死亡。

葬礼非常得体。
棺材也很完美。
虽然我不是一匹赛马
但也感谢大家奉送的花圈。

最后，请勿在我坟前偷笑
我随时可能跳出棺材
出现在天空中！

1957 年的新闻

圣地亚哥街头摩托车成灾。

萨甘女士翻了车。

伊朗地震六百人遇难。

政府制止通货膨胀。

总统候选人

试图讨好教会。

教师学生罢工罢课。

到奥斯卡·卡斯特罗墓地朝圣。

恩里克·贝洛应邀访问意大利。

罗西里尼导演宣称瑞典女人性冷淡。

恒星和行星被当作臆测工具。

罗马十二世教皇

给今年带来了吉利的兆头

他说耶稣多次向他显现。

开始画作者和狗的肖像。

"蓝色水域"乐团成立。

"大火"小组一周年庆典。

年迈的卓别林宣布

又一次当了父亲。

消防员举行例行演习。

俄国人向月亮发射东西。

面包和药物严重紧缺。

新引进许多豪车。

警察随便杀人。

尼古拉·齐奥塞斯库

不计后果地批评俄罗斯政府

圣若瑟·古白定奇迹般地向后飞起来。

精神的一半是物质。

涉及外交护照的抢劫案：

两张行李照片作为证据

发表在《艾尔西亚周刊》的头条。

乔治·艾略特出版作品集。

一只信鸽

被电线缠住：

行人想方设法进行解救。

某地新设雕塑引起百姓愤怒：

"这个位置应当留给米斯特拉尔 [1]。"

1　加夫列拉·米斯特拉尔（Gabriela Mistral, 1889–1957），智利女诗人。1945 年她获得了诺贝尔文学奖，成为拉丁美洲第一位获得该奖的诗人。

来自阿根廷的恐怖分子成灾。
左翼政客克里男扮女装逃跑。
发现一个胯部摇摆的骷髅。

诗人恩里克·林先生表达立场。
缪乐先生与魔鬼达成协议。
众多医生离开医院岗位。
麦子的奥妙被揭秘。

墓地职工罢工。
警察不慎枪支走火
自己头部中弹。

智利队输给秘鲁队：
智利队表现良好
只是运气不佳。

一位天主教诗人说
耶和华应当是女人。

印第安人的权利又一次被侵犯：
他们被驱逐出自己
仅剩不多的几块土地！
他们可是大地的孩子呀。

诗人本杰明·贝拉斯科·雷耶斯[1]去世。
没剩几个真正的好朋友了：
本杰明是最后一位。

下个月是游客到来的季节
瓜皮、西瓜皮的季节
难道想建个地下神庙吗？

弗雷到欧洲访问。
瑞典国王接见。
对媒体做了一些声明。
一位女士在公交车上生孩子。
儿子杀死酗酒的父亲。
举办飞碟讲座。
在姨妈家受屈辱。
女性时尚大师去世。
苍蝇、虱子和老鼠成灾。

父亲的坟墓被亵渎。

金塔·诺马尔区举办展览。
人们用圆筒看天空

1　本杰明·贝拉斯科·雷耶斯（Benjamín Velasco Reyes，1889–1957），智利诗人、记者。

蜘蛛形状的星星和苍蝇形状的行星。
卡塔赫纳与圣安东尼奥大街之间发生车祸
警察数着西瓜子一样
撒在地上的尸体。
还值得一提的几条消息：
作者牙痛
鼻子歪斜
鸵鸟毛的贸易状况。

老年与年老带来的意想不到的麻烦。

无论如何，我们将留恋
快结束的这一年
（尽管问题众多）
因为即将开始的新一年
只能给我们带来更多烦恼。

葬礼演说

星座不能治疗
癌症
尽管可以相信星座专家
但在这点上他们是错误的。
告诉医生，能治疗一切疾病的只有棺材。

一位男士去世不久
他最亲近的朋友
为追悼会做演讲
说实话我的目标不是亵渎
只想搞清困扰我的一些问题。

今晚第一道题
是关于来世：
请问，来世存在吗?
来世到底存在吗?

为了不在茂密的树林里迷失
我在父亲灵柩台旁的
一把黑椅子上坐下
等待答案
相信有人能够解开这个谜!

大理石工人难道不知道吗
给死者换衣裳的人呢
挖墓的呢，或许他更懂？
请分享你们的知识吧
与死亡打交道的人们
谁能帮我解开这个谜吗？

掘墓者，告诉我真相吧
难道没有法院吗
莫非蠕虫是法官？
像快餐店一样的墓地
答复我吧，别让我
抓破头皮
我几近失控
时而哭，时而笑。

我们的祖先
是死亡这门学科的专家：
他们把死者想象成幽灵
让他们与我们的距离变大
仿佛我们与死亡相隔得
不够远。

不得不说，死亡是一出戏。

人们说尸体是神圣的
却对死人不恭。
把他们像沙丁鱼罐头
排列起来！

人们歌颂尸体称它
留下了谁也无法
填补的空白。
都是谎言，难道寡妇
真会从一而终吗！

一位教授刚去世。
朋友们举行告别仪式
是指望他复活吗？
还是想炫耀自己的演讲天赋呢？
为何抓挠头发？
明白了，是为了不让手指发麻！

简而言之，先生女士们
唯独我同情死者。

我不相信艺术家和科学家
却探访他们可怜的陋舍。

唯独我，用笔头
敲响他们坟墓的大理石。

我把骷髅放回原处。

周围的小老鼠对我微笑
知道我是死者的好友。

我老了，我为何莫名其妙地
梦见自己被钉在十字架上？
最后一幕来了。
我伸手抚摸着脖子
去找亡灵对话。

俄罗斯歌谣

1967

最后一次敬酒

我们不得不承认
生命中只有三个选择：
昨天、今天和明天。

或许不足三个
就如哲学家们所叹息的
昨日之日不可追
我们拥有的仅仅是昨日的记忆：
玫瑰被摘光了花瓣
长不出新的。

我们手里剩下的
只有两张牌：
今天和明天。

或许不足两张
今天不存在
是一种共识
今天的经历
之后也流逝在过去……
例如青春。

总而言之
我们只有明天：
为此我举杯庆祝
永不到来的那一天
因为它是我们唯一
真正拥有的。

回归

离别应该是惆怅的
就像所有真正的离别一样：
杨树，垂柳树，山脉，这一切
似乎在说："请别离开。"

然而，回归更难……

荒谬绝伦
转眼间朋友们消失了：
被吃人的城市所吞没。

唯一等待我的是
长满臭虫的橄榄树
和我那条忠诚的狗
断了一条腿的船长。

运气

好运不爱期待好运的人：
这小小的奖励
似乎来得太迟。
当我希望
好运到来
得到一位紫嘴唇女士的爱
却一次又一次被她拒绝
如今好运摆在眼前
我却年过花甲
力不能及。

力不能及
好运抛到我眼前
就
　如
　　一
　　　铲
　　　　士……

仪式

每当我
经过漫长的旅程
         回到故乡
我首先询问
离开期间有谁过世了：
因为经历过死亡的
都算英雄
而英雄自然是我们的老师。

我其次询问
       有谁受伤了。

最终
这些仪式完成
感觉自己才配活着：
为了看清一切我闭着眼睛
悲愤地唱一首
世纪初的歌。

孤独

我
　慢慢
　　　　变得
　　　　　孤苦伶仃
不可察觉地：
　慢
　　慢
　　　地。

那些拥有过好伴侣
而又失去伴侣的人
悲哀啊。

我不抱怨：我其实拥有过一切
却
　没有
　　　意识
　　　　　到

就如一棵失去自己树叶的树

我
　慢慢
　　变得
　　　孤苦伶仃。

雪

　　另
　　　一
　　　　场
　　　　　雪
　　　　　　开
　　　　　　　始
　　　　　　　　了

自从年轻的普希金
在圣彼得堡郊外
被沙皇谋杀以来
俄罗斯落下的几场雪
显得过于轻薄
他告别了生命
　　　　　用这句难忘的话：
另
　一
　　场
　　　雪
　　　　开
　　　　　始
　　　　　　了

162

自从年轻的普希金

在圣彼得堡郊外

被沙皇杀害以来

俄罗斯落下的几场雪

和流淌的血

似乎远远不够

他告别了生命

　　　　用这句难忘的话：

另

　一

　　场

　　　雪

　　　　开

　　　　　始

　　　　　　了……

金合欢

数年前我走过
长满金合欢的一条街时
从朋友那里得知
你刚刚结婚。
当然，我说，
这与我无关。
然而，虽然我不曾爱你
——你比我更清楚这一点——
每当金合欢开花时
——你相信吗——
我有种凄凉之感
就如第一次得知
你与他人结婚了
这难过的消息时
一种嘴里被击了一枪的感觉。

克洛诺斯

圣地亚哥的
日子
　　漫
　　　无
　　　　边
　　　　　际：
一天中有无数个永恒。

我们骑在马骡背上
如那些出售海带的商人：
一次又一次打着哈欠。

然而，每一周是短暂的
每一个月迅速流逝
每一年如长了翅膀一样飞走。[1]

1　为表现时间流逝速度之快，原文单词间没有空格："Ylosañospare-
cequevolaran."。

尤里·加加林 [1]

星星聚集在地球周围
像环绕池塘的青蛙
讨论着加加林的飞行。

我们终于做到了：
俄罗斯共产主义者
在天空中奔腾不息!

星星看到了很生气
而尤里·加加林
太阳系的主人
拉着星星的尾巴自得其乐。

---

1 尤里·阿列克谢耶维奇·加加林（Yury Alekseyevich Gagarin，1934-1968），苏联航天员，苏联英雄，苏联红军上校飞行员，是第一个进入太空的人类，也是第一个从太空中看到地球全貌的人。

不好的回忆

简而言之
我走到哪里都留下不好的回忆：
北京饭店
奇廉武器广场
大英博物馆的资料馆中。

对多数人而言
我是个绝顶自恋狂。

他们不知给我起了多少外号：

双面人
自以为是的男人
与花园中的蝴蝶交往
心里
    也
      得不到
         安宁
           的人。

任何人都以为有权利

向我抛一把泥土为我喝倒彩。

哪天我耗尽耐心
会一枪崩了自己的脑袋！

复活节的羊羔

当人们
只有屠宰复活节的羊羔
才能吃上肉时
我唯一的恳求是
请手下留情
减少它的疼痛。
匕首刺入它身体时
且慢
它可是一只温顺的羊羔
不是什么狮子或孟加拉虎。

犯下
可耻的罪行后
我恳求行刑者用盐水
洗掉手上的血腥味。

另外，需要注意
绝不能与其他动物，
比如猫和狗，
分食复活节羔羊。
一定要吃完它的每一条肉丝。

还有，吃它时请勿愁眉苦脸
要带着一种崇高的敬意。
一种接近宗教的神圣感。

宴会结束
我们要向太阳系表示感谢。

热面包

一个奇怪的现象
引起了我的注意
使我震惊：

莫斯科大都会酒店附近
排了一百多米长的队
尽管天气很冷，零下数十度。

躲在大衣外套
和厚厚的帽子底下
只露出鼻子和眼睛
莫斯科人像星际潜水员
或潜入海底的宇航员。

我艰难地闯入
这颗挤满了人的彗星中。

我来描述我所看到的情形吧：
一位女士坐在桌子跟前
她的体型像所有俄罗斯女人那样丰满
——肯定生过不止一个孩子——
头上裹着一条围巾

红色的
　　　印着绿黄色条纹。
你们猜想
这位英勇的
寒冬腊月
在人行道上
搭了个临时亭子
不在乎雪花飘落
的女人究竟在卖什么?
热面包
　　　是吗?
她卖的是
玛格丽特·亚丽奎女士翻译的
智利诗歌选集。

猫咪

这只猫变老了

就在几个月前
连自己的影子
都会让他忐忑不安。

他敏感的胡须
        曾经能觉察一切：

甲壳虫
      苍蝇
         蜻蜓，
一切都会引起猫的兴趣。

如今，
他蜷缩在温暖的壁炉旁度日。

任狗嗅
尾巴任老鼠咬
好像这些与他无关。

在他眯缝着的眼睛里

世界是个不冷不热的地方。

这是智慧?
　　　　　神秘主义?
　　　　　　　　还是涅槃呢?
三种可能都有
最关键的是
　　　　　时　光　飞　逝　。[1]
灰白色的脊背
暗示着他是一只
超越了善与恶的猫。

1　原文为 "tiempotranscurrido."。

无人

无法入眠
有人在扯动窗帘。
我起身。
　　　　　但那里无人。
或许是明月光。

明天要早起
仍然无法入眠：
似乎有人在敲门。

我又一次起床
开门：
凉风打在我脸上
外边的街道空荡无人。

只有一排白杨树
在
　随
　　风
　　　摆
　　　　动。

必须就寝了。
我喝下杯中闪烁的
最后一滴酒
整理床铺
看一眼时间
正打算入睡时
不巧听到
某个被爱情捉弄
的女人的哭声。

这次，我不会再起身
我听够了哭声。

所有杂音都消失了
只能听到海浪的碰撞
就像某人的脚步
正在逼近我们摇摇欲坠的小屋
但
　永远
　　　也
　　　　没有
　　　　　　到来。

大作

1969

告诫

禁止祈祷，打喷嚏
吐痰，赞美，跪下
欣赏，号叫，干咳。

此地禁止睡觉
传播，说话，驱逐
和谐，逃跑，拦截。

严禁跑步。

禁止吸烟和通奸。

退休

随着春天的到来
退休老人
纷纷赶到
智利圣地亚哥的武器广场
他们坐在钢铁椅子上
跷着腿
在鸽群中
享受透明的空气。

退休老人与
色彩斑斓的鸟儿共生：
老人们用花生奖赏鸽子
鸽子们
　　　　友善地啄食着
换来老人们的微笑。

退休老人之于鸽子
正如鳄鱼之于天使。

独立声明

不论
天主教堂如何打算
我宣布自己是一个独立国家。

对一个四十九岁的公民而言
抵抗天主教会的决定
完全在自己的权利范围内。
我如果说错，请让大地吞噬我。

事实上，我站在
盛开的跟我一样高的金合欢树下
感到幸福。

站在
像是为我的灵魂量身裁剪的
蝴蝶翅膀的荧光下
我无比幸福。

请原谅我。

写于智利圣地亚哥
1963 年

11 月 29 日：

此时我完全清醒。

短语

请勿玷污了自己的眼睛
汽车不过是一把轮椅
狮子是用羊羔制成的
诗人没有传记
死亡是一种集体风俗
孩子来到这个世上的本质目的是快乐
现实趋于消失
奸淫是恶魔的行为
上帝是穷人的好朋友。

驴唇不对马嘴

现在是夜晚，它不打算是夜晚
现在是白天，不打算是白天。

如果是白天，怎么会是夜晚呢
如果是夜晚，怎么会是白天
你们认为我是在和疯子说话吗？

希望真的是白天。

天气很冷，我却很热
天气很热，我却快冻死了。

我的确说过很冷，但我在撒谎
其实我亲眼看到
天热到把石头化成沙子
说谎！我什么也没看到！
因为我紧闭眼睛！

其实我身体不适
胃痛又犯了
头不停地眩晕。

哪里不适：我感觉良好！
其实我从未觉得如此健康
我倒希望自己很痛苦！

请你们仔细看看
其实我在大笑。

老色鬼——成熟的长者

那些性欲旺盛的老人
只通过下半身说话
他们从智慧女神的殿堂被赶走
因为违反了不得淫逸的戒规。

我们是另一类人：

我们的诗，歌颂英雄的
功绩，
　　　　不谈
丘比特在维纳斯床上的不正当关系。

他们是老色鬼
我们是成熟的长者。

天上的父

我们在天上的父，
你背负着各种问题
皱着眉头
仿佛是一个很普通很庸俗的人
请你不要再为我们着想。

我们理解你的苦衷
确实无法解决所有难题。
我们知道魔鬼让你不得安宁
拆除你构造的一切。

他嘲笑你
但我们会陪伴你哭泣：
请不要理睬他邪恶的笑声。

我们的父，你所在的地方
被不忠的天使包围
诚恳地说：不要再为我们受苦了
你必须意识到
神不是万能的
况且，我们是宽宏大量的。

上帝的羔羊

土地的地平线
　　　　　　土地的星星
压抑的眼泪和抽泣
吐出泥土的嘴
　　　　　　柔软的牙齿
一个无非是一袋土的身体
拥有土地的地球——拥有蠕虫的地球
不朽的灵魂——大地之灵。

洗净世俗罪孽的上帝的羔羊
请告诉我人间天堂有多少个苹果。

洗净世俗罪孽的上帝的羔羊
请告诉我现在几时。

洗净世俗罪孽的上帝的羔羊
给我你的羊毛，让我织成毛衣。
洗净世俗罪孽的上帝的羔羊
让我们安宁地交欢吧：
请不要介入那神圣的一刻。

善贼的演说 [1]

你得国降临的时候，求你记住我
赐我参议院主席的职位吧
让我做财政大臣
做共和国总审计长。

请你记住荆棘的冠冕
赐我智利驻斯德哥尔摩总领事的官衔
让我当铁路总监
做陆军总司令。

任何官衔我都接受
房地产监管
图书馆总馆长
邮电局局长。

公路负责人
公园和花园的检查员

---

1 当耶稣被钉十字架时，有两个犯人被一同钉在他的左右。据《圣经》
记载，这两个盗贼之中的一个，在未死之前得了耶稣的救赎，获得了
永生。因此临死改邪归正的强盗在十字架上说"你得国降临的时候，
求你记住我"。

纽夫莱省[1] 省长。

赐我做动物馆馆长吧。

但愿荣耀归于圣父

        归于圣子

                归于圣灵

赐我在任何地方做大使

任命我为科洛科洛足球队[2] 的队长

你如果愿意，可以命我做

消防部门部长。

让我担任安库德[3] 高中的校长吧。

最不济

让我担任墓地管理员。

1　纽夫莱省（Provincia de Ñuble），智利过去的一个省份，位于该国中部，由比奥比奥大区负责管辖，首府设于奇廉。2018 年，纽夫莱省升级为大区。

2　智利球队。

3　安库德（Ancud），智利的城市，位于该国中南部。

我，罪人

我，不完美的情人
深渊边缘的舞者，

我，淫荡的教堂祭司
垃圾场的神童，

我，侄子——我，孙子
不起眼的谋划者，

我，苍蝇之王
杀死燕子的屠夫，

我，足球运动员
游过拉斯托斯卡斯河[1]的人，

我，盗墓者
患腮腺炎的魔鬼

我，懒散的现役军人

---

1 拉斯托斯卡斯河（Estero Las Toscas），智利河流，穿过奇廉市中心。

拥有投票权的公民，

我，魔鬼的牧羊人
被自己影子打败了的拳击手，

我，杰出的饮酒者
餐桌上的美食家，

我，奎卡舞冠军
探戈舞、瓜拉恰舞、华尔兹舞
的绝对冠军，

我是新教牧师
一只虾米，还是一家之父，

我，小资产阶级
神秘学的传教者，

我，保守派
圣徒收藏家，

（我，奢侈的游客）

我，鸡鸣狗盗之徒
空中静态的舞蹈家，

我，不蒙面的刽子手
鸟头人身，半个埃及神，

我站在硬纸板一样的岩石上说：
让黑暗来临
让混乱来临，

    让云来临吧，

天生的罪犯
我被当场抓获，

我在月光下偷花
向所有人道歉
但，我不承认自己有罪。

现在几点钟

一位重症患者
苏醒过来
问身边的家属现在几点钟
——他们聚在
他病危的床前——
他发出令人毛骨悚然的声音

要出问题了
要出问题了
要出问题了。

救命！

我不知怎么到了这里：

本来很快乐，很幸福
右手提着帽子
追着一只令我
疯狂而开心的
闪闪发光的蝴蝶

咚的一下，我突然跌倒
不知怎么，花园不见了
风景消失了：
嘴巴和鼻子流着鲜血。

不知道究竟发生了什么
赶紧救我的命
不然，对准我的脖子开一枪吧。

通货膨胀

面包涨价导致面包再涨价
房租涨价
导致所有成本翻倍
服装价格上涨
导致服装的价格再上涨。
势不可挡
我们处在一个恶性循环。
笼子里有食物。
虽然少，但是有。
笼子之外，是无限的自由。

杂念

我不喜欢把自己照在
洒满鲜血的镜子里。

我宁愿在户外睡觉
也不想在婚床上
与一只乌龟共枕眠。

汽车不过是一把轮椅。
如果哪位不幸的家伙
诞生时看见过自己的母亲
身心将永远留下痕迹。

再会

离开的时候到了
我感谢所有人
那些宽宏大量的朋友
和执着的敌人
都是难忘的圣人!

假如我没有引起
大多数人的反感
我该多不幸:
那些快乐的狗
在道路上吠叫着迎接我!
我非常高兴地
与你们道别。

再次感谢,谢谢
我承认眼眶里充满泪水
我们还会再见面的
在海上,在陆地,或其他地方。
你们要好好表现,多写作
继续做面包
继续编织蛛网
我把各种美好的祝愿送给你们:

我会抱拳拢袖

站在那些柏树顶上

等候你们。

情况不妙

只要通过模糊不清的玻璃
望着太阳
就知道情况不妙了；
难道你们认为一切进展顺利吗？

我建议返回到
马车
蒸汽飞机
石头电视的年代。

古人说得对：
需要重新用柴火做饭。

让你明白我对你没有仇恨

我把月亮送给你
我是认真的——我没有嘲笑你：
我用全部的爱把它送给你
请不要背后插刀！
你可以亲自来找你的月亮
爱你的叔叔
从圣墓飞来的
你那五彩斑斓的蝴蝶。

最后指示

请别再奉承我！
我唯一苛求的是个体面的追悼会
地点当然是拉雷纳 [1]
露天的——车库后面
室内绝对不是举办葬礼的好地方

仪式千万避开
大学礼堂或"作者之家"
之类的场所
这毋庸置疑！
不然会很可耻，
一定要避开那些地方。
其次，请记住
给我准备以下随葬品：
一双足球鞋
一个华丽的便盆
一副开车使用的墨镜
一本《圣经》

---

1 拉雷纳（La Reina），帕拉曾经居住过的地方，位于智利首都圣地
亚哥东北部地区。

愿荣耀归于圣父

　　　　　归于圣子

　　　　　　　　归于圣灵

让那只叫多米诺的猫也来陪我。

请遵守死者的遗愿

仪式结束后

你们就自由了

随便笑——随便哭——随便干什么

假如你们发现一块黑板

请小心，保持镇定：

那块黑色的洞穴可是我居住的地方。

1930 年

1930 年象征着新时代的开始
那一年瞬间燃起的大火将巨型 R101 号飞艇
烧毁，机身被火焰吞没并迅速坠落
河对岸都能清晰看到那浩大的场面
我没提供什么新颖的信息和见解，我原本也不打算提供
我只是一台在沙漠中徘徊的照相机
一张飞毯
大事件的记录者
一台制造图钉的机器。

我首先想说说关于安德烈与他的伙伴
遇难的事情
他们的尸体在北方的雪中埋藏了半个世纪
终于在 1930 年某天被发现
也就是我说的这一年
我还想把你们带到
他们被风暴掩埋的准确地点
让你们看看把他们带进死亡怀抱的雪橇，
和那些塞满了科学论文
观察仪器、食品
和无数底片的箱子。

之后，我飞到干城章嘉峰，

喜马拉雅山最高的山峰之一

我怀疑地审视着

试图登顶这座山的国际探险队

大风阻碍了他们的前行

令他们绝望和发狂

我看到队伍中有几位滑倒并跌入山谷

我还看到另几位在争抢罐头。

我不仅观察探险事件，

我还是一个流动博物馆

乘风破浪的百科全书

我记录着人类的每一个行为。

只要地球上某个角落有突发事件

我的身体就会及时做出反应

这是我的职业

我对恶意或慈善行为给予同等关注

对田园风光或雷电风暴

同样敏感

我如实阐述所观察到的

绝不添油加醋。

我看到圣雄甘地亲自带领信徒

游行反对《食盐法》[1]

我看到教皇和主教们

像被恶灵驾驶着

狠狠地谴责苏联迫害宗教

我看到卡罗尔王子飞回布加勒斯特

我身后

几千个克罗地亚和斯洛文尼亚恐怖分子

被大规模屠杀

但我不干涉，也不介入

我平静地看着他们被暗杀

然后我目击卡莫纳将军像帽贝一样粘着

葡萄牙的帝位不放。

这就是曾经的和今天的 1930 年

我看到西伯利亚的小农如何被清除

张将军[2]如何越过黄河占领了北京。

就这样，算命先生的很多预言都实现了

1　19世纪的印度被英国所殖民，英国实行食盐垄断专营，禁止印度人私自制盐，这使无数的盐业工人失业。在此背景下，圣雄甘地领导"盐路长征"，带领印度人民采用非暴力不合作的方式反抗殖民者。他率领印度老百姓在海边煮盐，发动对《食盐法》的非暴力不服从运动。

2　应指张作霖（1875 — 1928），张作霖在第二次直奉战争胜利后打进北京，任陆海军大元帅，代表中华民国行使统治权。他曾多次抵制日本人的拉拢，拒绝签订卖国条约。1928 年因前线战事不利，被迫返回东北。

实现在我可怜的守寡的母亲脚踩缝纫机的节奏下
在雨落，在我赤脚步行
在我兄弟梦中抓挠着
说梦话的节奏下，实现了。

女人

一个孩子众多的女人
无处可去
她是母亲，也是妹妹
曾经还是妻子
身上背着厄运
头顶乌云密布的天空
双脚重到抬不起来
我是过路人
是女人的反义词
我可以预言一切
我是天平的一个秤盘
或者我是一个儿子，确切说，我就是一个儿子
也可以是父亲或兄弟
也可以是丈夫。
这个女人选择在河岸盖房子
家用器具都四散在地上
周围的风景，有灌木丛
有石头。
这一切发生在一个小岛上
天哪，这个神秘的岛
我的天哪
我为何要取笑时间之神柯罗诺斯？

我指向附近的山丘

问白痴女儿：那是什么？

那是雪！她回应

对，那是雪。确实是雪。

我转身，一直笑，

眼睛看着另外一侧，又一次提问。

她再次回答：雪。

我们被雪包围了

虽然是夏天。

我萌生了一个预言般的念头：

所有这些人都将消失。

我认为他们将消失

那些年长的，可能都是兄弟

因为血液早已混在一起

年长的孩子说话

他们嘟囔着

他们将会离开

画面呈现在眼前

他们戴着帽子离开。

"寒冷会使他们消失"

我被险恶的念头所困

河床将充满水

等等，等等。

之后我去寻找食物
答应一定带回些什么
我尽力而为
虽然腿在打颤
我走到路边
幸好
那不是一片荒地。
马路两侧有一些房子
农民的小宫殿
极其简陋
用土坯，不是木板，建的房
我慢慢走近
发现冒出一股烟
从眼角看到一个人在跑步
我试着从他那儿问出什么，但失败了
我又尝试用一种发自内心的方式提问
仍然失败了

那些女人指责我
天哪，她们为何指责我？
我只是个过路人
是个走失的堂·吉诃德
（当时知道这个岛的名字就好了）
她们还在对我做鬼脸
在嗤笑

我问哪里可以租房子
这里可以租到房子吗?
第一个女人的形象还在脑海中
我为她工作
受了一些苦
但我想让她走出深渊

我又上路了
道路引我向前行
虽徘徊不定
但始终没有放弃希望
来到一个村庄
那里的房子全部被烧毁
只剩下架子
道路拐弯处我发现有家旅馆
一位卖菜的老人
正在卖酒
我来描述一下这位老人:
他穿着制服,我记得
也记得他在卖不同形状的酒瓶
他让一位顾客用车捎我一段路
车启动时他靠近车窗
给了我一份礼物
鼓励我继续探索
继续寻找。

司机不是岛民

但他比我先到这里

他抽烟

打算在河岸

盖自己的房子

要花 2.5 万

"这里，除了河岸，

没有适合搭建房子的地方"

那冬天怎么办？

"别想冬天了"

"河道里不会有水"

"到处都有水"

"除了河道里"

"水库里……"

（让人迷惑的答案）

但我坚信会发生一场灾难

我对灾难的描述：

当我们眺望山谷时，看到汹涌的河水在靠近

河床很快灌满了水

我跑到桥上想

家人朋友躲过了灾难吗？

水淹没一切

但那个勇敢的女人并没有被击败

她提高声音嚷着

试图叫醒那个被诅咒的女人

因为她不救自己的孩子
"我过后会找他们"
"首先，我想了解，谁开了水库的阀门"
大家把责任推给一只觅食的狐狸
他们把惨叫的狐狸
逼到河边

挖掉了它的眼睛
我救了自己的女儿。把她放到火炉旁
擦干她的身体
晃着她的脚
我想让她复活
但这看起来不太可能
火焰从她的头上冒出来
我必须把她放回水里
女人在谴责
一切都怪你
一切都怪你。

儿童游戏

1

一个男孩飞到教堂塔楼前
把着塔楼时钟的指针玩耍
他两手阻止时针向前旋转
过路的人突然魔幻般地被冻住了
摆出各种姿势
有的一只脚在空中
有的像洛斯雕像一样向后回望
有的冻结在点烟的姿态中，等等，等等。
之后，孩子一会儿让指针快速旋转
一会儿让它们停止或后退
路人们响应着，一会儿跑步，一会儿定住不动
或者也向后退
像默片电影中的图像
一会儿被暂停，一会儿跑东跑西
一会儿庄严地慢动作行走
或者倒着走。
一对夫妇迅速结了婚——迅速生了孩子并离婚
他们的孩子也迅速结了婚而后死亡。

此时，这位孩子

——或者说"上帝""命运""时间神"之类的——
玩累了，感到无聊，朝墓地方向飞去。

2

接前诗所说
顽皮男孩来到墓地
撬开所有坟墓
死者从中起身
嘈杂的响声
在混乱中回荡。

疲劳的死者
脚上满是泥土
有的在坟墓里
热闹地聊天
像洗浴室里的运动员。

有些交流着关于来世的事情
还有一些在寻找失物
其他的则半条腿沉入地下
走向墓地的大门。

3

孩子笑得合不拢嘴
他回到城市，令许多怪物出洞
地震爆发
裸身的长发女人到处乱跑
长得像胎儿的老人一边大笑一边抽烟。

突然，一场雷雨爆发
直到一位被钉在十字架上的女人出现
此景才结束。

英国理事会

这里没我们说话的份儿
我们不害怕，没任何感觉
只能通过门缝看着
看什么，看年轻脱衣舞女郎
我们四处晃悠
寻找能吸引眼球的东西
我们望的比看的多，我们看的比望的多
跳起一种通往深渊的疯狂舞蹈
踮起脚尖走进教室
最糟糕的是，我们必须消失
总是来来往往
永远在换地方
永远在换靴子、换帽子
永远冒着被警察发现的危险。

我们怎么办呢？
这些荒谬的花瓶、油罐
以及抱怨的病人，我们该拿他们怎么办？
兴许我们能触摸到
那些罩着衣裳的影子
请饶恕，我们渴望的是情欲。

我很厌烦老师
"这些人恶心。"我对同学们说
他们在厕所里低声议论
有人在看我们，下了课再找你
我的日子不长了
在草地的一块岩石后面
落叶时，我会来找你。
是的，当叶子落下的时候
但谁会发出警报？
那个喝醉后痛哭的妓女？
还是你，断了双臂的
看着他人，也被他人看的女人？
那个猪头令我堕落
那些云，让我说出蠢话。

动物园

过些年将发生一些事情
比如，一头两三米高的大象
心里会想：我这头大象对自己用处最大
连身上穿的裤子都幸福。
虽然倒退和爬高都有些困难
但我仍会稍有愧疚地尽力接近
我心中更美大象的样子。
如果我们把大象的牙拔掉，
然后打断它的肋骨
直到让它绝种
可怜的大象将会怎样呢？

苍蝇将对此做出回答：
大象兄弟，你说的话让我们困惑
你看我很健康
飞在树叶、花朵
和象腿之间
寻找与我相像的苍蝇。
你得学习苍蝇的习惯
在人工肥料中筑巢的同时
想象自己在梦中微笑。

这种简短对话将于几年后

在一个装有电灯的私家花园里进行
门上会挂着以下铭文：
"私人花园，星期五和星期六，十一点到十二点"
大象会从它的地狱梦中醒来
靠着一种类似棺材的装置，它会惊呼：
上帝是爱护动物的！
他不会允许我死！
苍蝇认为自己很完美
它们飞翔，同时摆动着胳膊和腿
从一个点飞到另外一个点。
听到大象的话，苍蝇会说：
上帝的羔羊呀，大象真的疯了
它们用鼻子吸水，然后喷洒出来
它们在没有门没有窗户的私人花园中
以惊人的速度奔跑
像注定要消失的身患重病的大象。

此时，即将发生的是：
苍蝇会长到大象的体积
大象会变轻
体型缩小一千倍
直到变成厨房里的一头小小象
在水果中，白糖里，汤内
到处走动的微小生物
而苍蝇长着强大的象牙
撤退到远东。

西格蒙德·弗洛伊德

精神科医生
像羽毛长在嘴里的鸟
让人无可奈何：
他居然把一切都和性联系在一起。

许多离奇的理论
出自弗洛伊德的作品。

根据这位先生的观点
任何带尖的物体
比如钢笔、手枪、步枪
铅笔、烟斗、舞棍
都代表男性；
圆形物体
则代表女性。

此精神科医生不满足于此：
他还说，不只是圆锥和圆柱体
几乎所有几何体
对他来说都是某种性工具
比如埃及金字塔。

但是问题并未就此结束
我们的英雄走得更远：
此精神科医生还认为
任何物品，比如台灯或桌子
都代表阴茎和阴道。

让我们分析一个具体情况：
一位神经失常的人走在街上
突然某个东西吸引了他
一棵树，或者某人穿的条纹裤子
某个飘过来的物体
他转过头去观看
然而在精神科医生的理解中
那意味着
病人的性生活糟糕透了。

我们看到一辆汽车
汽车是阴茎的象征
我们看到一栋在建大楼
大楼是阴茎的象征
我们骑自行车
自行车是阴茎的象征
我们生命的归宿在墓地
墓地是阴茎的象征
我们看到一个陵墓

陵墓是阴茎的象征

我们买了阿根廷地图
研究边境问题
阿根廷也是阴茎的象征
我们被邀请到中国

飞机从口中吐火。

我们吃黄油面包
黄油是阴茎的象征。
我们在花园里小憩
蝴蝶是阴茎的象征
显微镜是阴茎的象征
奶瓶是阴茎的象征。

在另外一章中
我会再谈谈关于外阴的寓意。
先礼节性地避免讨论
因为他们把它比作
代表智慧的猫头鹰
或者什么蟾蜍或青蛙。

在北京机场
温度酷热难耐

他们用鲜花和汽水迎接我们。
自我有记忆以来
这些鲜花是我见过的最美的鲜花。
自从世界是世界
我没见过这么客气的人
自从行星是行星
我没见过这么欢快的人。

自从我被天地人间
释放出来。

言归正传，让我们回到这首诗吧。

这些理论虽然奇怪
但精神科医生说得对
艺术家通过隧道之后
就开始癫狂。
他被带到工厂
就开始抓狂。

主要症状是：
认为一切与性有关
无法辨认月亮和太阳
认为一切与性有关
活塞是性器官

铁罐是性器官
转盘是性器官
指针是性器官
高炉是性器官
螺丝和钉子是性器官
火车是性器官
船是性器官。
迷宫是没有出路的。

西方是一座伟大的金字塔
他开始和结束于精神科医生：
金字塔即将倒塌。

宣言

女士们先生们
这是我们最终要说的话。
——是我们的第一句话，也是最后一句话——
诗人已经从奥林匹斯山走下来了。

对于我们的前辈
诗是一种奢侈
但对我们来说
它是必需品：
我们离开诗歌就没法活。

我毕恭毕敬地说
与我们长辈不同
我们坚信
诗人不是炼金巫师
诗人是普通人
是砌墙的瓦工：
是造门造窗的建筑工。

我们的语言
是日常语言
我们不相信喀巴拉符号。

并且：
只要诗人存在
树木就不会扭曲地生长。

这是我们执意传达的信息。
我们谴责以造物主姿态自居的诗人
廉价的诗人
图书馆的诗人。

所有这些先生们
——我仍毕恭毕敬地说——
他们必须受到起诉和审判
他们建了太多空中楼阁
浪费空间和时间
写下许多献给月亮的十四行诗
随便组合单词
追逐巴黎的最新潮流。
我们要否认这些：
思想不会在嘴里产生
思想诞生于内心的内心。

我们唾弃
戴墨镜的诗
绅士的诗

冠冕堂皇的诗。
我们追捧
目光敏锐的诗
袒胸露怀的诗
思想开朗的诗。

我们不相信山林仙女
也不相信海神的儿子。
诗歌必须
像一个浑身带刺的女人
或者什么也不是，罢了。

然而，我们的祖先
我们的好祖先
他们穿过棱镜后
在政治层面
变得朦胧和分散。

我们实话实说：
他们当中或许有一两位
确实打动了人们的心。
但每当他们有机会
他们就会用语言和行动
否定有意义的诗歌
今天的诗歌

和无产者的诗歌。

即便这样
他们的诗也一团糟
二手超现实主义
三手颓废主义
被大海送回来的旧木板。
形容词的诗
带鼻腔和喉音的诗
随意的诗
从书本中抄袭的诗
基于语言革命
而不是思想革命的诗。
恶性循环的诗
写给一小撮儿精英的诗：
"捍卫绝对的言论自由"。

我们今天询问
他们写这些诗的初衷
难道想吓唬小布尔乔亚？
简直是浪费时间！
小布尔乔亚只有当自己的胃
被触及时才有反应。

他们用诗吓唬谁呢？

情况是这样的：
当他们喜欢
晚霞的诗
夜晚的诗
我们主张的
是黎明的诗。
我们的宣言如下：
诗歌的光芒
应该平等地照耀每一个人
诗歌可以打动所有人。

同伴们，话不多说
我毕恭毕敬地补充
我们反对的是：
得意忘形、不接受批评
愤怒的诗歌。

我们反对
云上的诗
提倡陆地的诗
——清醒的头脑，炽热的心
我们是坚定的在地者——
反对咖啡馆的诗
力推大自然的诗

反对休息室的诗
倡议
社会抗议的诗。

诗人从奥林匹斯山走下来了。

为维奥莱塔·帕拉[1]辩护

绿色丛林中的温柔邻居
绚丽四月的永恒客人
黑莓的天敌
维奥莱塔·帕拉。

园丁
　　　制陶工
　　　　　　裁缝
清澈水中的舞者
满是鸣鸟的树
维奥莱塔·帕拉。

你游览了整个地区
挖泥罐
并释放
被圈养在
树枝上的鸟。

1　维奥莱塔·帕拉（Violeta Parra，1917-1967），诗人帕拉的妹妹，智利著名民谣歌手、作曲家、作词人、民俗学者。被誉为"智利民谣皇后"。

总在关心别人
关心侄子
惦记姨妈
你何时能照顾好自己？
虔诚的维奥莱塔。

你的痛苦是
无头无尾的
无限圆环
但你总能克服一切
令人钦佩的维奥莱塔。

跳奎卡舞时
你的吉他伴奏
会令死人复活
跳起华尔兹舞。

迈普[1]战役的奎卡舞
安加莫斯军舰下沉的奎卡舞
奇廉地震的奎卡舞

1　迈普（Maipú），智利的城镇，位于该国中部圣地亚哥首都大区的圣地亚哥省。南美洲南部独立战争时著名战役所在地。1818年4月5日，圣马丁率领爱国军于此城附近击败西班牙军，使智利获得完全的自由和独立。

一切的一切。

你并非黄颈鹦
　　　　　　并非知更鸟
　　　　　　　　并非歌鸫

并非无拘无束
或被圈养的鹌鹑
你
　就是你
　　　　强烈的你
　　　　　　人间天堂的鸟儿。

天籁之音
　　　　淡水鸥
所有形容词
名词都不配
与你的名字同时出现。

写诗
　　画画
　　　　干农活
样样出色
心灵手巧
做事像流水一样顺畅。

然而，官员不喜欢你
他们封了你的家门
他们向你宣战
可怜的维奥莱塔。

都是因为你不装腔作势
不出卖灵魂
因为你说出了大地的声音
你是智利的维奥莱塔。

你立场鲜明！

他们怎能喜欢你呢
　　　　　　　在我看来
那些可怜的官员
像沙漠中的石头一样灰暗
你同意吗？

而，你呢
　　　　安第斯山的紫罗兰[1]
沿海山脉的花朵

1　维奥莱塔的名字 Violeta 在西班牙语里有紫罗兰的意思。

你是取之不尽的春天
极富人性的生命。

你的心只有情愿时才敞开
不情愿时就封闭
你的身体随心所欲
向上飘荡！

各种颜色和形状
在你的招呼下
像拉撒路 [1] 一样
起身上路。

当你轻声歌唱或
嘶哑着嗓子
尖叫时
无人抱怨
你是火山中的提琴！

听者只能
保持宗教般的沉默
你的歌声

1　据新约《约翰福音》记载，拉撒路是耶稣的门徒与好友，他被埋
葬四天之后，被耶稣奇迹般地复活。

知道自己的去向。

你的声音像
抛向空中的光
你是葡萄庄园里黑眼睛的火辣员工
维奥莱塔·帕拉。

你受到各种谴责
但我了解你，所以会说出你的真相
哦，你这披着羊皮的狼！
维奥莱塔·帕拉。

我真的了解你
　　　　　老妹妹
这个南北都充满苦涩的国家
被淹没了的瓦尔帕莱索
还有复活节岛！

安达科洛[1]的奎亚卡[2]祭祀者

1　安达科洛（Andacollo），智利中部科金博地区埃尔基省的一个城市。

2　奎亚卡（Cuyaca），艾马拉语（部分安第斯山地区说这种古老的语言），意思是"姐妹"，也是一种宗教舞步的名字，这种舞蹈仅由女性组成，具有安第斯传统。

做针线活的纺织女郎
天使的美容师
维奥莱塔·帕拉。

79 届的退伍军人
听到你的哀歌泣不成声
你是深夜中
一盏血染的灯！

厨师
　　　保姆
　　　　　　洗衣女郎
擅长做家务活的女佣
　　　　　　　　　　精明能干
所有晚霞的云朵
都哀思着的维奥莱塔。

此时我不知该说些什么
脑袋晕头转向
像是喝了毒药
亲爱的妹妹。

无论是在田野或城市
或静坐在花园
也不曾寻觅到另外一个你

维奥莱塔。
闭上眼睛我才能清晰地观赏你
回顾过去的快乐日子
你猜猜我正在看什么?
我看到了你那印着野果图案的围裙。

印着野果图案的围裙。
考丁河!
　　　　劳塔罗河!
　　　　　　　　阿莱格雷镇!
一九二七年
维奥莱塔·帕拉!
原谅我不相信语言
我劝你,从坟墓里走出来吧
来唱歌
　　　来跳舞
　　　　　　骑在吉他上
乘风破浪。

给我唱一首难忘的歌
一首永无止境的歌
只需唱一首歌
　　　　　　只需唱一首歌
这是我唯一的恳求。

像个树上开满了鲜花的女人

让你的身体和灵魂
从坟墓中站出来吧
用你的声音把石头炸开
维奥莱塔·帕拉

这是我想说的一些话

继续编织你的
阿劳卡尼亚[1]雨披
你的昆奇马利[2]歌曲
继续昼夜打磨
你的圣木香炉
再无痛苦
　　　　　再无无用的眼泪
试着热泪盈眶
一定要记住你是一只
披着狼皮的小羊羔。

1　阿劳卡尼亚（Araucanía），智利的一个大区，它也是土著马普切人居住的地区。
2　昆奇马利（Quinchamalí），智利的小镇。

睡在椅子上的诗人的来信

1

我说的是真话
我们要么事先知道一切
要么永远不知道任何事情。

唯一值得我们做的
是学会正确地说话。

2

我整夜梦见女人
有些嘲笑我
有些致命地打击我。
她们让我不得安宁。
与我不断交战。

我怒气冲冲地醒来。

由此可见，我疯了
或者极其不安。

3

一个上帝
让自己的孩子听天由命
受年龄和疾病的摆弄
受死亡的折磨
这样的上帝不可信。

4

看到参加游行的花车我会不由自主打招呼。

5

年轻人
随心所欲地写吧
选择最喜欢的风格
桥下血流成河
而我们不能继续
遵循唯一路径：
诗歌中，一切都是被允许的。

6

疾病
　　　衰老
　　　　　　和死亡
像半裸的
　　　　陶醉的
　　　　　　　　嘟着色情珊瑚唇的
无辜少女
聚集在
天鹅湖周围跳舞。

7

很显然
月亮上没有居民

椅子是桌子
蝴蝶是不停跳动的花朵
真实是集体的错误
精神与身体一同消亡
很显然
皱纹不是疤痕。

8

每次某种原因
迫使我走出
我的小木塔
我会
寂寞地
　　　不安地
　　　　　痛苦地
发抖而归。

9

电车消失了
树木被砍伐了
远方充满十字架。

马克思七次被否认
然而我们仍在这里。

10

用胆汁喂蜜蜂

用嘴接精液
在血泊中跪下
在燃烧的教堂里打喷嚏
挤完牛奶之后
把奶洒在牛头上。

11

从早餐的乌云
到午饭的闪电
再到晚餐的霹雳惊雷。

12

我不容易难过
说实话
连骷髅都让我发笑。
在十字架上睡觉的诗人
带血的眼泪向你们致敬。

13

诗人的职责
是克服面对空白页的恐惧
我怀疑它的可能性。

14

只有美能让我满足
丑使我受伤。

15

我最后一次重申
蠕虫是神
蝴蝶是不停跳动的花朵
脆弱易碎的牙齿
容易腐烂的牙齿
我来自默片电影时代。

16

智利格言：
所有红发女子都有雀斑，
电话很清楚自己在说什么
乌龟做鹰的学生
是最浪费时间的事。

汽车是一把轮椅。

走回头路的旅行者
冒着影子可能不愿意
跟随自己的危险。

17

分析意味着放弃自己
推理是一种圆形的思维模式
人只看到自己愿意看到的事情
诞生不会带来任何答案
我承认我流下了眼泪。

诞生不会带来任何答案
唯独死亡会揭秘答案

诗歌本身并不令人信服。
教育告诉我们空间不存在

教育告诉我们时间不存在
但无论如何
人会变老是确凿的事实。

科学决定一切。

读我自己的诗让我犯困
然而，它们是用鲜血写成的。

繁重的工作（圣地亚哥，大学，1969 年）。

电报

1

别胡说八道了
此处毫无深奥的秘密。

上帝在一周内创造了世界
而我一刹那就能把它销毁。

2

你们继续谈论裸女
继续谈论埃及神父的故事
我吐口痰
干脆利落地跪下
亲吻着土地
吞下一块牛排。

我既不是右派也不是左派
我的主旨是打破常规。

3

我写作的动机是什么？
我渴望尊重和爱护
渴望固守我与神和魔鬼之间的契约
渴望记录一切。

渴望哭泣和大笑
但，说实话
我并不清楚自己写作的动机：
算是出于某种嫉妒心吧。

4

作为游客我很失败
一想到凯旋门
身上就起鸡皮疙瘩。

我来自埃及金字塔。

说实话
我不爱逛教堂。

5

鬼知道是谁制造了星星
太阳或许是个苍蝇
时间或许不流动
地球或许不运转。

等候执行死刑期间
我不会自然死亡
苍蝇或许是个天使
鼻子流下的血或许
可以照亮你的鞋子。

肉或许已经腐烂。

6

随着春天的到来
我不再是一个普通人
我变成一台向四方
发射血腥痰液
的发射仪。

只有月亮知道我是谁。

7

十九世纪已经结束
这件事令我毛骨悚然。
天下有谁如此无知
会冲下悬崖
在牛蹄下过夜。
你们观赏奇妙的蚊子
如此庞大的怪兽
它们像彩色气球
飘荡在空中。
他们的确激发
我们拿起笔刷
把一切涂成白色。

8

说起弹枪
我提醒你们，灵魂是不朽的。
精神消亡
　　　　　身体仍存。

从听觉的角度
光与物质是一回事

它们同坐在一张床上
同躺在一张桌子上。

告诉你们一个秘密：
灵魂死在死亡前面。

在公墓

这是公墓

您看到陆续赶到的花车了吗?

在智利圣地亚哥

我们有两个公墓

这个是普通公墓

那边有个天主教公墓。

请记下您所看到的一切。

您看看围栏后边:

那些箱子都是棺材

白色的棺材

是留给儿童的

您看到了那些黑色的树木吗?

——我如果没记错,它们是柏树。

——毫无疑问:

那些黑色的树木是柏树。

——您如何看待永久坟墓?

——什么是永久坟墓?

——怎么你不知道什么是永久坟墓?

临时坟墓的反义词。

这边是永久坟墓,

那边是临时坟墓。

又有花车赶到。

您看看他们如何卸载花圈

您如果愿意，我们可以靠近

那个披着面纱的女人

她一定是死者的女人：

看她泣不成声。

不安的寡妇

不该参加葬礼：

看她痛哭流涕

看她胡乱揪头发的样子，

看她的身体痛苦地蠕动！

现在让我们看看陵墓。

您想看看陵墓吗？

——我不知道陵墓是什么。

——我指给您看

但我们必须加速

这个月天黑得早

为了不浪费时间

请重复这句话

那些黑色的树木是柏树。

——那些黑色的树木是柏树。

您必须多重复几遍

直到您记住为止。

——那些黑色的树木是柏树

——"c"的发音不对。

西班牙人才是这么发音的，

请记住，您在智利：

注意"z"和"c"的发音。[1]

好，让我们回到课程中来

那些小房子

是死者的房间。

在西班牙语中，它们被称为陵墓。

有些看起来像售货铺子

还有一些像报刊亭。

——它们如同

玩具娃娃的房子

但它们是死者的宫殿。

您再看那边的乌云。

我们必须

在夜幕降临之前离开：

公墓关门很早。

1　柏树这个词的西班牙语是 Ciprés，在西班牙的大部分地区，"c"或"z"
后跟元音 e 或 i 的时候，要发 [θ] 音。在智利"c"通常发 [s] 音。

墙上的污垢

在夜幕降临之前
我们来研究墙上的污垢：
有些像植物
有些像神话里的动物。

鹰头马身有翼兽，

                  龙，

                     蝾螈。

最神秘的图案
看起来像爆炸的原子弹。

在墙上的投影中
灵魂看到身体看不到的东西：
跪着的男人
怀抱婴儿的母亲
马的雕塑
天主教神父高举圣饼：

碰撞在一起的生殖器官。

然而最不寻常的
毫无疑问
是
看起来像原子弹爆炸的那些。

情感咨询办公室

善意的男士
适合做与人打交道的工作
提供晚上照顾女人的服务
完全免费
　　　　　没有任何约束
唯一的要求是在晚上。

绝对认真。
只要女人掌握如何移动臀部
便可考虑谈婚论嫁。

我把自己定位为一个理性的人

我把自己定位为一个理性的人
我不是开明的老师
也不是渊博的诗人。
我偶尔扮演
痴情人的角色
（我不是一个木头圣人）
但那不是我给自己的定位。

我是一家之主
一位纳税人。
既不是尼禄也不是卡利古拉：
我只是一位牧师
　　　　　　普通人
木头圣人的学徒。

思想录

什么是人
帕斯卡提出这个问题：
是指数为零的底数。
与整体相比
       它什么也不是
与无相比
       它是一切：
出生加死亡：
噪音乘以静音：
无与一切之间的平均数。

庞恰特雷恩湖堤道 [1]

抱歉
　　　我真的很抱歉
这些漫长的桥梁与我无关
我知道它们很长
无限长?
　　　　　好的: 无限长
但我仍然与这些精彩的晚霞
没有太大的关系
谢谢你们的三明治和可乐
谢谢你们的好意
也谢谢你们的恶意
我的胃今天在庆祝
听到内脏发出的嘎嘎声吗?
只要无人反对
我会继续叫自己现在这个名字。

1　庞恰特雷恩湖堤道 (Lake Pontchartrain Causeway), 位于美国路易斯安那州, 是世界上最长的桥。

智利

他们四十岁大肚皮
他们流着口水
他们不承认任何人的优点
他们号称满身疾病其实很健康
最糟糕的是
他们留在草地上的是一堆脏纸。

一个男人

一个男人的母亲病得很重

他出门寻找医生

他哭了

在大街上看到妻子与另一个男人

牵着手走在一起

他跟随他们

从一棵树到另外一棵树

他哭了

他又遇见一个年轻时的朋友

许多年不见!

他们进了酒吧

谈笑风生

男人到院外小便

看到一位年轻女人

夜里

她在洗碗

男人靠近年轻女人

挽住她的腰部

跳起华尔兹舞

他们出去逛街

他们大笑

却出了事故

女人失去知觉
男人去打电话
他哭了
他走到一处亮着灯的房子
恳请能借用电话
有人认出他来
一起吃饭吧!
不行
电话在哪里
吃饭，吃饭
吃完再走
他坐下来吃饭
卖命地喝酒
他笑了
他们让他朗诵
他朗诵了
之后睡倒在桌子底下。

我撤回所说的一切

告别之前
容我最后许个愿望：
慷慨的读者
请烧毁这本书
它不代表我的想法
即使它是用鲜血写成的
但它不代表我的想法。

我的处境糟糕透了
我被自己的影子打败：
这是文字的报仇。

请原谅我
友善的读者
我无法以忠实的拥抱
向你道别：
我只能勉强带着苦涩的笑容
向你道别。

或许我不过如此
但请听我说最后的遗言：
我撤回所说的一切。
带着巨大的痛苦
我收回我所说的一切。

智利

真有趣
看到圣地亚哥皱着眉头的农民
来回穿过市区
和周围的街道
带着焦虑和恐惧的表情
出于政治原因
性生活原因
宗教原因
在他们看来城市及居民的存在
理所当然：
尽管证据确凿此地居民尚未出生
他们也不会在屈服之前出生
然而智利圣地亚哥是个沙漠。

我们坚信自己是个国家
事实上我们只是一处风景。

总数为零

1

死亡连杰出的幽默大师也不尊重
对她而言世上没有好的笑话
尽管是她亲自教会了
我们关于笑的艺术
比如阿里斯托芬
他跪在地上
在死神身边像疯子一样大笑：
假如有能力我会拯救如此宝贵的生命
但是死亡谁也不放过
她会尊重谁呢？

2

当我写"当"这个字时
报纸发布了巴勃罗·德·罗卡自杀的消息
还有卡洛斯·迪亚兹·洛约拉
被亲兄弟谋杀的消息
地点在巴利亚多利德 106 号
——子弹打中了嘴巴

用的是史密斯威森军警型半自动手枪，

当我写"当"这个字时

虽然显得有些夸张

但我极其愤怒

因为世上的荣耀就这样流逝了

没有痛苦

        没有光荣

            没有世界

也没有一个可怜的火腿三明治。

3

我们是神的时候

行为却像老鼠

只要稍微展开一下翅膀

我们就会更像人类

但我们宁愿在地上滚爬

——请参照那可悲的德罗格特[1]的例子吧——

显然我们无可救药

我们是老虎生的

举止却像猫。

1　卡洛斯·德罗格特（Carlos Droguett，1912–1996），与帕拉同时期的有争议的智利知识分子。

乌有之乡的新闻

1975

萨卡里亚斯先生的仪式

1. 晚上出门时必须走得远一些

2. 从那边跟着马一起过来

3. 他骑着一匹骏马

4. 到了就砸门。

5. 房主是个泼妇，真是个泼妇

6. 出门迎接。

7. 进门后向他打招呼。

8. 许久不见，萨卡里亚斯先生，许久没来！

9. 走到客厅

10. 此时，小猴子趴在墙上

11. 小猴子，纸猴子

12. 他们喝足了酒

13. 首先要提醒大家，绝对不能笑

14. 要是笑了，会被其他客人打。

15. 那位女士大喊

16. 师傅！女孩子们！有人在客厅！

17. 聚会就这样开始了。

18. 所有人向他打招呼

19. 师傅们和女孩子们

20. 萨卡里亚斯先生，您好！

21. 泼妇说，请照顾好萨卡里亚斯先生

22. ——好的，萨卡里亚斯先生，您喝什么

23. ——要烈酒

24. ——大瓶还是小瓶?

25. ——大瓶

26. (泼妇就这样倒霉了

27. 萨卡里亚斯先生的要求她都答应)

28. 大家倒酒，音乐响起

29. 很真实

30. 她们与萨卡里亚斯先生一同跳舞

31. 那些小姑娘

32. 奎卡舞，华尔兹舞，各种舞蹈。

33. 萨卡里亚斯先生喝完酒就走了

34. 感谢萨卡里亚斯先生!

35. 今晚很成功!

36. 女孩子们说

37. 之后交谈

38. ——爱丽丝亚! 说吧，萨卡里亚斯先生给了你多少?

39. ——一千个比索，她说。

40. ——你呢，艾琳，另外一个问。

41. 她们互相攀比着

42. 此时，师傅们

43. 正在分萨卡里亚斯先生留下的小费

44. 每人八百元

45. 从始至终无人笑

46. 继续等待

47. 等待更多人到来

48. 大家到齐了，把纸猴子摘掉吧

49. 它们不能留在那里

50. 如果人们留在客厅，不肯花钱怎么办

51. 搞砸生意。

52. 他们离开时

53. 要骂小气的顾客

54. 猴子在地上拳打脚踢

55. 女人们，我们与那些毫无关系

56. 把它们又挂出来

57. 等人们走光了

58. 把剩下的葡萄酒扔给猴子

59. 就这样周而复始。

60. 太太，我们把萨卡里亚斯先生办了吧，女人说

61. 当她们闲着，喝醉了酒会这么说

62. 要照顾 Z 先生的马

63. 保安负责照顾马

64. 保安的任务是在检查组到达时提醒我们

65. 夫人，检查组来了!

66. 客厅里的灯被换成其他颜色。

67. 我们把罐子和未成年人藏起来

68. 被放在一边

69. 之前有个彪汉在看门

70. 专门负责驱赶赖着不走的人

71. 和赖账的人

72. 这是他的专职

73. 赶走人

74. 赶走前好好打一顿

75. 他们高大，健壮，

76. 如果有人搞乱子

77. 彪汉会管

78. 当然他们也很爱冒险

有预谋的即兴创作

1

我生于 1914 年，出生地点接近纽夫莱省的圣卡洛斯县，阿里柯圣法比盎小镇。1930 年左右，我有了一个奇妙的主意，打开裤裆并在砖墙上小便。尿水弄湿了我的鞋子，但我必须排空膀胱。

之后，我从口袋里取出一支粉笔，在墙上写下了三句话：

1. 基督曾是个达达主义者
2. 当心油漆（那里也留有我的尿液）
3. 为祖国而死，我们将取得胜利

数月后，我沿着喜乐步行街（智利圣地亚哥）行走，被一块石头绊倒。我弯腰想捡起它，但它跑掉了。它看起来像只小乌龟，但从速度上，我推断它是一只小老鼠。但对我而言，它似乎又是块石头。

2

还有一次，我在一家美容院的镜子上写道：

我再也不会回到这个海盗巢了；在这里，普通而俗气的发型花了我整月的薪水。

3

我继续惊险之旅。当我在玛土坎那和教堂大街之间下电车时，踩香蕉皮摔了一跤。电车在距我一毫米的地方开过。我从裤兜里掏出一支粉笔（数学老师的习惯），在人行道上写了一首长诗，记录了上述经历。

4

还有一次，我看到一位摄影师在广场上睡着了，我抓起他的相机就跑。有人叫醒摄影师，告诉他发生了什么。他跑得比我快，还没跑到邮局，他就抓住了我。正如您能想象的，他把我绊倒在地，磕掉了我的门牙。我又从口袋里掏出一支粉笔，朝着大教堂走去。我爬上钟楼，把这句话写在十字架上：

世界正在崩溃 [1]

1　原文为英文"the world is falling apart"。

5

就在那些日子，工艺美术学院雇我去教三角几何。我欣然接受。我全力以赴记住余弦定律，并穿着优雅的衣服去上第一堂课。令我失望的是，我背下的所有内容突然从脑海中消失不见，为了掩盖失忆，我让学生按名单自我介绍——并要求他们讨论一些新闻事件，之后我夹着课本直接跑回办公室。

6

此后，用粉笔写的短语随处可见，在遮阳篷上，在租来的汽车的挡风玻璃上，在警用马匹的屁股上，甚至在棺材上。它们都是用大写字母写的短句：

> ……诗歌已死
> ……诗歌万岁
> ……艺术属于同性恋
> 等等，等等

许多人怀疑我是这些句子的作者。他们用各种语调质问我为什么要写这些。我实在无法回答他们的问题，决定在卧室里躲七天。有时我会从木制阳台向外探头，一旦看到有人靠近前门，我就把头缩回屋里。

7

随之而来的是许多祝贺和掌声。这让我感动到流泪。我简单地感谢了他们。我说：请不要再继续祝贺我。但人们继续祝贺我。有人邀请我去海边度假。有人要我签名。这些都是新的挑战，我不知如何是好。我决定迅速给他们签名了事。真是个好主意。眨眼间，我就打发了许多仰慕者。

大海

海是个巨大的洞
里边填满了一种叫海水的
黏性物质
当然，水是咸的
固然，海里有各种各样的鱼
鳕鱼，鲭鱼，鳗鱼
这些都是让我们感到骄傲的智利美食
特别是能满足最挑剔的胃口
的鳗鱼
还有，可以在一瞬间
倾覆船只的
巨浪
最后，人类
用海
作为一种高效快捷的交通渠道
它对工业极为重要
运输硝石、铜、煤
鱼粉等。
还有一些著名海战
也在这里发生
部署重炮

许多海盗也在此成名
根据口述史和文字记录
他们被称为海狮。

某个女人

成了世界首富的妓女
建造了一座大教堂，可谓一座模范城市
配备美容院、快餐店、娱乐场所
如果我没记错的话，还有墓地和树林
树枝上你可以看到鸟，还有它们的巢
装满妓女早餐要用的
鲜蛋。

在大教堂中
她建了一个星期五和星期六
11点到12点之间营业
的妓院
有烟花和
负责招待客人的太监。
他们给客人
安排座位，倒热水。

对聪明的妓女来说，这些远远不够
她又搭了一个帐篷
帐篷中埋着圣徒的骨头和长袍
和刻在青铜牌子上的民族英雄的名字
她还在那里摆放了许多物品。

在卧室的入口处，她刻了以下座右铭：

至少五分钟，最多十五分钟。
人类可以等待。
让那些横行霸道的痞子先来
如果时间允许，再让其他人来。
假如我们通过装满炼乳的望远镜看一切
永恒也可以是短暂的。

为了保卫这座堡垒，她制造了一支手枪
上面刻着以下格言：
"极端是通向智慧殿堂的道路"[1]

我与这位妓女交谈着
她在镜前脱衣服。
我问她为什么要如此浪费自己的钱
她说家人几年前去世了
于是她开始痴迷于性。

很好，我一边吃三明治一边说
感觉很快将有大事件发生。
我并没猜错，因为某种狗

1　原文为英文"The road of excess leads to the palace of wisdom"。

或者是猫——我的记忆可能不太灵
从一条小隧道里冒出来
从一个帐篷走到另一个帐篷
从一个箱子上轻盈地跳到一台打字机上
把脚放在尿盆上说：

也许你们对我的外表感到惊讶
其实我没有牙齿
毛发是用一块面包制成的。
之后，他吠了几分钟
从嘴里吐出一块翠玉
和一团烟雾。
他消失了，留下一封信：
"我是这块土地的耕种者。"

几年后，我再次访问了那个地方，
我的妓女朋友在地下室接见了我
她在读《圣经》，读用黄布包住的
《卢济塔尼亚人之歌》[1]
她脱下衣服，继续我们的探索。

1　《卢济塔尼亚人之歌》（*Os Lusíadas*），葡萄牙诗人贾梅士历时三十年所作的史诗。1572 年出版，是葡萄牙文学史上最优秀和最重要的作品之一，常被誉为葡萄牙的"国家史诗"。

埃尔基基督[1]的讲道和传教

1977

1　埃尔基基督（Cristo de Elqui），本是一位智利圣地亚哥农民，名叫多明戈·扎拉特（Domingo Zárate），生于1898年12月24日，死于1971年11月。这位农民在1927年宣布许多神圣人物都向他显灵，并在智利获得了众多跟随者。这位农民带着跟随者到智利埃尔基河进行受洗，因此得名埃尔基基督。

——在您眼前出现的是

我们的主耶稣基督本人

经过 1977 年的沉寂

他终于欣然同意

参加我们此次大型复活节活动

让他的智慧和悟性

伴随着我们的年轻人和老人

我们的主不需要介绍

他享誉全球

我们只需记住他在十字架上光荣的死亡

和随后同样光荣的复活：

请为我们的主鼓掌。

——谢谢你们的掌声

即使我不配

我虽然无知，但不愚蠢

有一些主持人

往往夸大其词

只为赢得掌声

我原谅他们

因为都是些无害的笑话

虽然不应该这样

认真比愚蠢重要得多

特别是当谈论福音时

你们可以嘲笑我

这不是第一次
但请不要嘲笑我们的主
尊敬的观众，你们说了算。

（掌声）

1

即使做好了准备
我真的不知道该从哪儿说起
我先把眼镜摘下吧
不要以为我的胡须是假的
我已经二十二年没剪它了
我也从不剪指甲
我信守我的诺言
超出约定日期
本来承诺的是二十年
为了纪念我的母亲
我没剪过胡须和指甲
除了脚指甲
为此我受过
屈辱和嘲弄
虽然我从不打扰任何人
我只信守母亲
死前我对她的诺言
二十年
不剪胡须和指甲
为了向她的神圣记忆致敬
我还放弃了普通的着装
改穿亚麻布宗教衣裳
现在我将揭开我的秘密

截止日期到了
很快你们会再看到
穿便服的我。

2

1927 年 2 月 5 日
当时我在智利北方
一家北美公司工作
做建筑工人
我渴望攒钱
帮助经济状况极度糟糕
的父母
——卧床不起的母亲
和失业的可怜的老父亲
突然通过扬声器我听到自己的名字
一阵寒气冲进我的血管
即使外边温度很高
我做了最坏的打算
很不幸我没猜错
我当时很困惑
开始苦笑
简直不敢相信自己的眼睛
天哪，这是不可能的

在绝望中我粉碎了电报
当我终于清醒过来
我坐在一块岩石上
忘记我已经是个成年人
像个孩子一样哭了起来。

3

看到我穿着简朴的亚麻布袍子
连牧师都取笑我
虽然他们应当树立榜样
他们可是上帝在世上的代表
主肯定
不会嘲笑我
这一切是为了纪念我母亲
我还能怎么做
当她永远离去后
儿子怎么可能到处
与一些声名狼藉的女人瞎混呢
那将是一种无法形容的背叛
我只是个独生子
而不是某些人认为的上帝。

4

如果不知道
许下了持续诺言的我
这二十年来是怎么谋生的
请不要叫我乞丐
我游览了这个国家的南部、北部
和其他邻国
宣扬健康思想
宣扬为人类谋福利的教旨
理智的人会说我是疯子
但我在无数监狱和医院
养老院
慈善机构
举行过数百场讲座
我来到此世不为自己的荣耀
我生来为了帮助他人
特别是那些沉浸在痛苦中的灵魂
无论他们来自哪个社会阶层
无论他们是身患绝症
还是家徒四壁
我从未接受任何奖赏
这是个永无止境的故事
我受过各种侮辱、耻笑、鄙视
我穿着不起眼的麻布袍子

曾有几周，几个月，几年
找不到地方睡觉
无人留我住宿
虽然我靠卖书
（我出版了十八本）
赚了不少钱
足够支付酒店的费用
但我到处遭拒
以各种借口
即使我肯支付两三倍的钱
假如不是智利军队的调解
真不知道我会是什么下场。

5

曾有个大胆的酒鬼
居然要揪我的胡须
但我意志坚强
没有畏惧
我脸上的肌肉一动不动
侵犯未遂者
不得不撤退
他本想在冒犯我之后
纵情大笑

这就是为什么我在演讲中说
美德高于一切
这样就无人遭受不公正的痛苦
认真和耐心高于一切。

6

给你们一些实用的忠告：
每天要早起
早餐尽量清淡
一杯热水足够了
鞋子不能穿得太小
不用穿袜子戴帽子
每周只吃两三次肉
我是个不极端的素食主义者
千万不能吃海鲜
海里的一切都有毒
万不得已不能杀害鸟类
也要避免过度饮酒
午饭喝一杯足够了
午觉最多十五分钟
稍微失去意识即可
睡太多不好
肚子里不能含气

不然会伤着肠胃

复活节要戒欲

每十五天烧一次香

内衣一律要穿白色的

母亲去世除外

遇到这种严重事件

建议要严格穿戴丧服

我有过一次那种痛苦的经历

不希望任何人再经历它

当时决定从上到下全穿黑衣

里里外外

自从度过了那可怕的一天

我二十年来至今

一直这么做。

7

如果不敢亲自上课

丈夫们应当通过函授学一些课程

他们该学习了解女性的生殖器

对此大家非常无知

谁能告诉我

比如，外阴和阴道之间的区别

尽管如此，他们自以为有资格结婚

好像他们是该领域的专家
结果是一堆婚姻问题
外遇、诽谤、分手
那些可怜的孩子怎么办?

8

我不是魔术师,顶多算是药草师
我不是万能的
我能安抚人们,帮助他们镇定神经
我触碰到哪里
就能让恶魔从哪里消失
但我不能复活腐烂的尸体
复活是崇高的艺术
它是神圣的主的专利。

9

那么,我已经透露了我的秘密
就跟大家道别吧
我感到一种和谐
紧紧拥抱大家
因为圆满地完成了

主二十二年前
在梦中
给我的使命
我发誓我心中不怀恨意
甚至对那些质疑我阳刚之气的人
让那些尊敬的先生们知道
我是一个很爷们儿的男人
请原谅我用粗俗的语言表达自己
因为，那就是人民的语言。

10

当我心爱的母亲离世时
我下定决心
不让愤怒埋没我
以仁慈来对待强横
以基督徒的温柔对待讽刺
以谦虚来对待傲慢自大
尽管遇到许多可耻的挑衅
但我承认我不止一次
想抵抗造物主
因为他竟然允许如此残酷的暴行。

最后再加几句：
当主向我显现时
我用铅笔和打字机
开始记录传道
我尽量用最好的西班牙语
当然，在此之前
我在沙漠连续隐居了七年
我没有任何虚荣心
即使我是个文盲
我从未踏进过任何学校的大门
甚至可以说
我父亲比老鼠还穷
尊敬的读者：目前
我正用一台庞大的打字机给你们写信
坐在私人住宅的桌子前
我不再打扮成基督
作为一个普通公民
我想谦虚地请求你们
阅读我的信时要稍微用点爱心
我是一个渴望爱的人
感谢你们的关注。

12

真是可惜
看着那些本来可以
到处旅行的人
他们本可以乘着蒸汽飞机或任何其他工具
到处游历
但他们选择没有痛苦也没有荣耀地死在
自己出生的地方
他们总看着相同的面孔
和同样的风景
好像他们没有一毛钱似的
实际上他们很富有
我则到过智利各地
除了自己辛勤打工得来的钱
没有任何资金来源
我不理解他们为什么不旅行
难道世上还有其他比旅行更有趣的事情吗?
更何况我们的国家
如此美丽
你们可以去产盐基地看看
在我亲爱的母亲去世前
青年时代的我就在那里工作
你们可以在广阔的沙漠中稀释自己
欣赏美丽的日落

相信我，它们看起来

像真正的北极光

或者参观湖区

如果家里没有电话

你们可以用公用电话

预订往返机票

我不理解为什么人们不经常外出旅行

应该是出于个人原因吧

或某种不可抗拒的因素

如果是那样的话，我就不再继续争论了。

13

当今世界无可救药

向圣母玛利亚祈祷的人很多

但他们的话实际上应当念给主：

我们在天上的父……

他们要么无知要么粗心

要么错把圣子

当作了圣母：

上帝救了你玛利亚——恩典充满了你

一堆荒诞的话

可以想象：

巴别塔会变得苍白

圣灵将放声大笑!

14

只根据感觉数据
启动的思维
设计了一个动物形的天空
没有结构
只是陆地动物的简单易位
天使和小天使聚集
像家禽
无论如何这是无法接受的!
我怀疑天堂看起来更像
关于逻辑符号的论文
而不是一场动物表演。

15

"请为我祈祷"——天主教徒说
"我没有时间祈祷
我得去假面舞会
等我回来时,一定给你小费。"
这种举止必须立即停止:

最好告诉牧师
让牧师对付他们。

16

对我来说似乎很明显
从长远来看，宗教和逻辑
几乎是一样的
算数时应该像
对着圣母玛利亚祈祷
祈祷时
应当像在做数学题
当然允许祈祷和祷告
但要拒绝恶魔仪式
让我们在主面前保持谦卑
不要让撒旦得逞。

17

有些不道德的牧师
出来做弥撒时
顶着巨大的黑眼圈
为什么不坦白地说

他们还涂着口红和粉
教皇陛下应当注意这些。

18

在威胁
基督教会的千年冲突中
我宣布自己是原教旨主义者：
我提倡精神祈祷
反对口头祈祷
尽管这个讨论和我无关
因为我是自由思想者。

19

牧师不能笑
否则，教堂侍役怎么办
这就是为什么我永远不会停止重复
父啊，我将我的灵魂交到你的手中
完成你的意志，而非我的意志。

20

现实中没有形容词
没有连词或介词
谁见过一个"和"
除了教科书中
现实中只有行动和事物
一个男人和一个女人跳舞
一个女人母乳喂养她的孩子
葬礼，一棵树，一头牛
感叹词是人制造的
副词是老师的介入
动词是哲学家的幻觉。

21

我百分之百相信
性行为使精神空洞
因此我保持单身
关于这一点我毫不妥协
任何打破贞洁的牧师
都是地狱的候选人
同样
我全力否定

手淫的理论和实践
我知道有许多堕落的牧师
在镜子面前练习
我为他们感到难过
他们令我恶心
如果他们无法控制自己
就不配穿上牧师的衣裳。

22

牧师应当学会唱歌
沉默的牧师没有说服力
当然前提是，正如圣奥古斯丁所说
在唱圣歌时
不允许个人表达
声音不能超过基督
因为目的是接触上帝
而不是接触一位歌唱艺术家。

23

这些是埃尔基基督的挑战：
请强大的人举手：

没有人敢

喝一杯圣水

没有人能够

在没有事先认罪前

接受圣餐

没有人敢

跪着抽烟

懦弱！懦弱！

没有人敢

从《圣经》上撕下一张纸片

即使卫生纸用光了

看谁敢

在智利国旗上吐痰

那得先在我尸体上吐痰

我敢打赌

当受到俗人的折磨时

没有人能像我一样大笑。

24

当西班牙人抵达智利时

他们惊讶地发现

此处没有金子或银子

只有雪和火山灰：许多雪和许多火山灰

没有什么其他好东西
食物稀缺
仍然稀缺，你们会说
这是我想强调的
智利人民饿了
我知道因为这句话
我就能被送到比萨瓜拘留营
但廉洁的埃尔基基督
只追求事实
伊巴涅斯将军会原谅我
但，智利不尊重个人
这里没有言论自由
这里是亿万富翁的天堂
鸡舍被狐狸管理
当然你们也告诉我
到底哪个国家尊重个人。

25

所有职业都可以被简称为一个职业
有人说我们是老师
大使，裁缝
事实上都是牧师
穿着衣裳的牧师，或赤身裸体的牧师

生病或健康的牧师
服务于人民的牧师
清洗下水道的
无疑也是一个牧师
他比任何人都更像一个牧师。

26

总结一下
将叶子理解为叶子
将树枝理解为树枝
将森林与森林混淆
是很轻浮的表现
这就是我学说的精髓
幸亏，事物的真实轮廓
已经开始被瞥见
云不仅仅是云
河流不仅仅是河流
岩石不只是岩石
它们是祭坛
        它们是圆顶！
            它们是柱子！
而我们必须去教堂做弥撒。

27

既然我澄清了一切
并详细地
解释了关于过去
漫长的二十二年中
个人生活的
方方面面
职业生涯的
来龙去脉
那么我诚心诚意地期待
不会再传出关于我的奇谈怪论
我既不是中国人也不是阿拉伯人或马普切人
一些法学博士当着我的面说
当我在1929年底
决定从北部搬到首都定居
在马波乔站下车时
我怎能预料那是我艰难历程的开始呢？
其实，我是一个感恩母爱的儿子
比杂草更谦虚的小兵
比野鹰吃的苦更多
比玉米加排骨更地道的智利人。

帕拉之叶[1]

1985

---

1 在西班牙语中，诗人帕拉的姓 Parra 这个单词的原意是"葡萄藤"。

I

乞讨之歌

莱昂·尼古拉耶维奇·托尔斯泰伯爵
多年来住在伊斯奈亚·宝莉安娜庄园
靠吃生胡萝卜为生
从不刮胡子也不穿鞋
愿上帝祝福他!

你们看看我这个
满脸长着托尔斯泰式白胡子的老人
在路边乞讨
一定想知道我的身份吧
哎!我可是这位伯爵的亲生孙子

革命对我很残酷
长话短说
你们赏我几个钱吧
(我把帽子递过去)
哪怕是一分钱,我也珍惜

哎!我受的苦一言难尽
堂堂伯爵长孙
却流落街头做乞丐:
怎么不令人惊诧!

我的妻子改嫁给了
一位陆军上尉
她怪我残疾
这是事实，我的确残疾
我身体打颤时像暴风雨中的树叶！
然而，我认为
在圣母教堂许下的婚姻诺言是神圣的
不应当像彩色气球一样被戳破：
二十世纪的女士们
应该羞愧而死

可怜可怜我这个被妻子抛弃了的
没有收入的穷鬼吧
长话短说
我从小
就患有不治之症：
我右侧身体瘫痪
随时可能死去

我患的是昏睡性脑炎

如果这还不够惨
不久前我还做过胆囊手术
不信我可以把伤口揭开给你们看看。

哎！我的生活从来没有平静过
长话短说
街坊的毛孩子看到我就用石子砸
这些没心没肺的人
取笑我这样一个
无处可去的糟老头
亲爱的祖父如果今天还活着的话
我哪能四处乞讨
生活会完全不同！

今天我需要弄到十七美元
去买我不得不服用的海洛因
以避免疼痛发作
你们是明白人
钱，要么自觉给我
要么可别怪我
长话短说
我是个硬汉子
混蛋们，还不赶紧靠墙
举起手来，把钱交出来！

打开一瓶酒

之后
我跳起喜爱的舞蹈

伸展一条
像胳膊的腿
收起像
一条腿的胳膊

我蹲下
不停地跳着
解开鞋带
把一只鞋抛到天上
另一只鞋埋在地下

现在我开始脱毛衣

电话铃声突然响起
是办公室打来的
我告诉他们
若不给我涨薪水
我便继续
跳舞

之前认为一切都很美好

如今我失去了当年的乐观

过去，一部陈旧的电话机
或者一个木制老沙发——任何东西
都会使我幸福无比

曾经在星期日早晨
逛波斯市场时
拎回满是蛛网的
挂钟
——实际上只是一个空表壳——
或一部老掉牙的收音机
回到我拉雷纳的房子
在那里等待我的是儿子
和他妈妈

那些是快乐的日子
至少有些夜晚是无忧无虑的

这里一定是公墓

否则无法解释
为何会有这么多没有门窗的房子
和排着长队的汽车

看到众多荧光灯下的影子
我判断这里可能是地狱

而且我敢肯定，那个十字架的下面
一定有个教堂

他是一个完美的男人

他是否真的被钉在十字架上
他是否真的从坟墓中复活
——这些我都不在乎——
我唯独想知道的是
他牙刷的去处
无论如何我们必须找到它

他们就是这个样子

他们曾经崇拜月亮——但也没那么崇拜
他们用木头做筐子
他们不知道什么是音乐
他们站着做爱
他们让尸体站着被埋葬
他们就是这个样子

这些浪漫的恋人

他们看起来像两只蚂蚁
像同一张脸上的两只眼睛
像一个鼻子上的两个鼻孔

这些恋人真厉害
像起伏中的大海
像太阳中的斑点

紧接着

如果你们
在两个不同的城市
同时看到我
请不要惊讶

比如看见我在克里姆林宫的教堂里
听弥撒
或在纽约机场
吃热狗

两个都是真正的我
虽然看起来荒谬
但的的确确都是真正的我

大粪里的苍蝇

我向
绅士们、游客们、革命者们
提一个问题：
你们见过
苍蝇
围着大粪飞上飞下并落在那里吗?
你们见过粪堆里的苍蝇吗?

我出生和成长的地方
到处都是大粪
到处是旋飞的
苍蝇

我不是一个多愁善感的老人

我对孩子无动于衷
哪怕天塌下来
我也不会去抱孩子
人们应当少管闲事
因此我尽量避开家庭聚会
宁可被砸脑袋
也不肯陪家里的孩子玩
孙子们的存在我更不在乎
相反，他们让我胆战心惊
他们一看到我从海边回来
就张开双臂往我怀里跑
好似我是个圣诞老人
去他们的！
把我当成什么人啦！

摩登时代

这是个艰难的时代
讲话稍不注意就引起争议
保持沉默又肯定会被看作
五角大楼的帮凶。

众所周知，我们别无选择
条条大路通古巴
然而空气污浊
呼吸困难。
敌人说
全是国家的错
把国家当成人来责怪。

该死的云盘绕着该死的火山
该死的船驶向该死的旅程
该死的树化为该死的鸟儿：
一切早已被污染了。

我还要告诉你们

我是世界第一
之前没有，将来也不会有
比我性能力更强的人

加夫列拉·米斯特拉尔是我发现的诗人
在我之前没人知道诗歌
我还是个运动员，一眨眼就能
跑一百米

您一定知道是我将有声电影引进到了智利
某种意义上说
我是这个国家的第一任主教
最大的帽子制造商
第一个敢于想象太空飞行的人

我警告过切·格瓦拉
让他
不要去玻利维亚
他在那里会有生命危险

若是听了我的话
他就不会遭遇那悲惨的结局

你们还记得

切·格瓦拉在玻利维亚发生了什么吗

在学校他们说我是个白痴

但我是全班最好的学生

你们看，我是

才貌双全

魅力十足的天才。

七个

抒情诗的基本主题
有七个
首先，是女孩的阴部
其次是满月，她是天空的阴部
还有满是鸟儿的森林
明信片般完美的夕阳
某种叫作小提琴的乐器
和一串绝对美味的葡萄

有人在我身后

有人越过我的右肩
读我写的每一个字
还无耻地嘲笑我
他是个穿西装手拿拐杖的男士

虽然我看身后没有任何人
但我知道他们肯定在监视我

问题与答案

您认为
为了拯救世界
把上帝杀死
值得吗?

——当然值得

值得冒着生命危险
去支持
有可能是错误的观点吗?

——当然值得

还想问问
吃螃蟹
是否值得?
培养那些
将来对长辈不敬的孩子
是否值得?

——显然，当然值得
当然不
　　　当然值得

还想问

听唱片

值得吗?

看一棵树,

种一本书,

值得吗?

假如没有永恒

假如没有天长地久

——或许不值得

——千万不要哭泣

　　　　　　　——我在笑

——请不要出生

　　　　　　——我正在死去。

业余爱好

重新创造一个世界吧
不是出于什么重要原因
只是为了捣乱

让吉他失调
拿玫瑰花瓣手淫
给兄弟剃剪牧师的发型
在墙上写格言

殴打一个衰弱的老人
与法律专家高谈阔论
在隆重的教堂礼拜中
向神父射击玩具子弹
在他端起圣餐时
假装癫痫发作
撞车后逃走

在教堂的礼拜堂吐口痰

抚摸一只罗马小猫
拉上拉链
——如您愿意，我会拉上再解开——

拆掉临终关怀中心
无限期地推迟新婚之夜

参加函授课程
钉死耶稣基督
感染性病
进行尿液检查
进行肾癌手术
在教堂
无理取笑牧师

在罗马教皇眼皮底下
煮一顶牧师帽
出于某个愚蠢的原因
或者为了胡闹
发表爱国演讲：
"先生们，女士们，虽然我没有准备就来了⋯⋯"

屠杀沙皇的家人
烧毁亚历山大图书馆
学习林登·尼克松风格
肢解孕妇

不讲任何原则！

一个背景复杂的人

他像昆虫
穿过迷宫

他爱讲话
以致失去了声带

额头上的皱纹不断增多

他无法自杀就不停地手淫

戴着借来的围巾
不检查学生考卷
随便给他们判分
直到终于被发现

五十岁割包皮
打完喷嚏后在手帕上吐痰
他像个可怜的
理科翻译
指手画脚
他离了婚
　　　　又结了婚

短暂停止了自慰
觉得总有人在监视他
似乎患上了
幽闭恐惧症、广场恐惧症
还失去了嗅觉
时常做末日来临的梦
他张开双臂
宣告自己的失败

老师们

的琐碎问题
终于把我们逼疯了
复数加减法
月亮上是否有蜘蛛
沙皇的家人是怎么死的
闭着嘴可以唱歌吗
谁给蒙娜丽莎画了胡子
怎么称呼耶路撒冷的居民
空气中是否有氧气
基督有几个使徒
"神圣服务顺序目录"是什么意思
耶稣在十字架上说了什么
《包法利夫人》的作者是谁
塞万提斯在哪里写的《堂·吉诃德》
大卫如何杀死巨人
哲学一词的词源
委内瑞拉的首都是哪座城市
西班牙人是何时抵达智利的

尽管如此但无人认为
老师们是无所不包的百科全书
相反：

他们虽然穿着世纪初流行的
笔挺整洁的西服
但最终他们只是普通的小学老师，
（或者中学老师，我不记得了）
他们难道真需要使这么大的劲
来折磨我们吗？
除非有不可告人的动机：
不理解他们对教学的狂热
一种黑暗残酷的虚空！

关于老虎的牙齿
和燕子的学名
关于天主教弥撒有几个组成部分
硫酸酐的分子式
不同分母的分数之间的加法
反刍动物的胃
菲利普二世的家谱
纽伦堡的歌手
圣马太福音
芬兰五诗人的名字
"词源"的词源

有关万有引力定律
牛的动物属性
昆虫翅膀的学名

鸭嘴兽的属性

二和三之间的最小公倍数

光中有没有黑暗

太阳系的起源

两栖动物的呼吸系统

鱼的器官

元素周期表

《末日四骑士》的作者

海市蜃楼现象的成因

火车到达月球要多长时间

怎么用法语说"黑板"

在辅音结尾的单词下画线。

其实

这些枯燥的课题

引不起我们的兴趣

最多会使我们稍微紧张

头痛罢了

其实

我们是行动家

我们眼中，世界只有

一个足球那么大

踢着它是最大的快乐

是青春的意义所在

有些锦标赛持续到深夜

我仍然记得自己在

黑暗中追着一个看不见的球

如此之黑

恐怕只有猫头鹰或蝙蝠

才不会撞上周围的土墙

那可是我们的一切

老师们的问题

像鸭子背上的水

早被抛到了脑后

而宇宙平静依旧：

花的组成部分

鼬鼠的动物归类

臭氧制备方法

巴尔马塞达的政治遗嘱

坎查拉亚达战役[1]

解放部队如何进攻

对农业有害的昆虫

《熙德之歌》如何开头

画一个滑轮

并确定平衡条件

---

1 坎查拉亚达战役（sorpresa de Cancha Rayada，1818 年 3 月 19 日），
属于智利独立战争。

善良的读者会理解

这些问题过于苛刻

并且绝对没有意义：

确定云的高度？

计算金字塔的体积？

证明二的根是一个无理数？

认真学习豪尔赫·曼里克的诗歌？

可别再折磨我们了！

今天的锦标赛

我们必须参加

但笔试和口试

不断递到我们眼前：

光的电磁理论

吟游诗人与行吟诗人有何不同？

"卖鸡蛋"语法是否正确？

你知道什么是自流井吗？

对智利的鸟进行分类

曼努埃尔·罗德里格斯的谋杀案

法属圭亚那独立

西蒙·玻利瓦尔是英雄还是反英雄

奥希金斯退位演讲

你们可真傻

老师们说得对：

千真万确的
我们的脑子稍不小心
就会顺着鼻孔流掉
（我们紧张到牙齿打颤）
彩虹的颜色怎么来的
马德堡半球
燕子的学名
青蛙的变态
康德绝对命令是什么意思
如何将智利比索转换为英镑
是谁把蜂鸟引入智利的
比萨斜塔为何不倒
为何巴比伦空中花园不会倒塌
为何月亮不会落到地上？
纽夫莱省的县城
如何将直角三等分
有多少种普通多面体
嘿，我对这些一窍不通。

我宁愿大地吞噬我
也不想回答这些无理的问题
更何况我们同时还得
忍受
思想品德教育的折磨
你们知道

每个智利公民

自从进入小学

直到离开大学

需要花国家多少钱吗?

足足一百多万比索!

一百多万比索!

他们还是不停地指着我们问:

静水悖论如何解释

蕨类植物如何繁殖

列出智利有哪些火山

世界上最长的河流是什么

世界上最强大的战舰是什么

大象如何繁殖

缝纫机的发明者

热气球的发明者

你们可真傻

不得不回家

带家长去学校

与校长开会

第一次世界大战爆发了

第二次世界大战也爆发了

少年时代被扔在操场尽头

青春躲在了桌子底下

之后是昏头昏脑的成熟期

和带有昆虫翅膀的

老年。

一个棺材的回忆录

我出生于一家
时常发生趣事的木工坊
我打小就顽皮
喜欢取笑那些过于庄重的骨灰盒
起初我被摆在销售柜台
在那里度过了幸福安宁的几个月
店里非常寂静
我可以纵情地嘲讽
身边的其他棺材
——唯一美中不足的是铺子里充满了油漆味——
过了几个月
我被一个身穿丧服的女士买走
被抬到一个柴油机驱动的
装着轱辘的机器上
飞速在城里开着
我永远忘不了此日
瞬间生活
发生了 180 度转变
曾经的安宁
被突如其来的震动打破
直到我们到达一所私人住宅
我才又找到一张桌子躺下

在那张桌子上
我足足待了几个钟头
具体多久我无法确定因为我睡着了
之后我们上路了
旅途中我又被搁置在阴暗的车厢
来回转了许多弯
我晕车，受了巨大的刺激
筋疲力尽
周围陌生的一切
挂在墙上的钟
还有乱摆的桌椅
使我迷惑
接着，我暗暗
无比开心起来
首先，我身上堆起了许多鲜花
脚下放着
散发微光的电子蜡烛
对了，窗户边上还挂着
点缀了银色珠子的黑色遮光帘
当我发现
在场所有人的视线集中在我身上时
顿时无比地得意
他们陆续走近我
通过我身上的小窗户往里望

痛哭流涕地抱住我不放

当我开始弄懂局面时

情况突然又发生了变化

我被抬了出去

放在一个豪华马车上

身穿丧服的女士抱紧我不放

陪同她的亲戚不知所措

那天可是我整个生命中最精彩的一天

当我迷迷糊糊穿过这座城市时

无数路人摘帽向我们致敬

这是我有生以来第一次

享受到了如此夸张的待遇

不久后我们驶入一个被城墙

围起来的小镇

并在此地举行了

让我泪如泉涌、刻骨铭心的仪式

不同嘉宾轮流演讲

给予各种各样的赞誉和颂扬

之后他们小心翼翼地把我吊了起来

把我安放在我现在所处的位置

我躺在一堆鲜花下面

等待着新的故事发生

我不相信和平道路

我也不相信暴力
真希望我能相信什么——但我什么都不信
信仰与上帝相关
而我唯一能做的
就是耸肩
恕我直言
实际上，我连银河也不信

任务完成

树木种植	17
孩子	6
出版的作品	7
	———
总计	30
外科手术	1
致命的摔伤	17
龋齿	17
	———
总计	35
眼泪	0
血滴	0
	———
总计	0
普通吻	48
舌吻	17

镜子中的吻	1
壮丽的吻	4
米高梅[1]式的吻	3
	——
总计	548

袜子	7
内裤	1
毛巾	0
休闲衬衫	1
手帕	43
	——
总计	473

世界地图	1
青铜烛台	2
哥特式大教堂	0
	——

1　米高梅（Metro-Goldwyn-Mayer，缩写：MGM），成立于1924
年的美国影视公司，是美国好莱坞八大影业公司之一，也是美国电影
和好莱坞的象征。

总计	3

屈辱	7
等候室	433
美发沙龙	48
	——
总计	1534901

欧洲首都	548
虱子和跳蚤	333333333
阿波罗 16 号	1
	——
总计	49

腺体分泌物	4
伴郎	7
螺母和螺栓	4
	——
总计	15

文学名著	1
教会神父	1

Ⅱ

智利南部马仔

南部马仔骑着
栗色的马儿上路了
身后跟着
八名宪兵
据说马仔的匕首
要了三条命
一位是个贪婪穷苦的老人
另一位是个指控
马仔头脑不清醒的小职员
再一位是他的
亲兄弟
跑吧，追吧
累死你们
我知道连耶稣
也抓不到南部马仔
最好别追了
省得弄得一团糟
午夜时分
马仔到了林科纳附近
那里有他唯一的同伴
——魔鬼马仔

婆婆起来!

干女儿起来!

干爹来了

来听歌吧!

他试图

坐在橡树下

但他的腰背

被铅头子弹打伤

温柔善良的女人

你快来吧

救救我吧

我已经不行了

赶紧把这家伙给我拔掉吧!

看到流了这么多血

她不知所措

险些晕倒

我拿什么治您呢?

没有绷带没有棉花

也没有消毒水!

怎么,怎么,女人

您就用这把匕首吧

第二天我会像

梨树一样健康

说着,政府的人

迈着小步出现
当然，马仔早就听说了
他已经一溜烟
跑到山后头去了

矿工的复仇

我叼着烟
毅然决然
从矿山下来
要履行诺言
与我那位女友
结婚
夜晚比
山沟里的水
更清朗
蟋蟀啾啾
青蛙呱呱

当我问起她的家人
他们说
她与某个男子私奔了
我恼火到险些发疯
虽然没说什么
但心里发誓
一定要找到他俩

一天晚上
我终于抓到了

疲惫不堪的他们
我揍了他们一顿
他们没有吭声
在山沟里
我还把她干了一把

她死后
更美丽
头戴白花冠
像个新娘
蟋蟀啾啾
青蛙呱呱

老人做体操有何用

老人打电话有何用
出名有何用
照镜子有何用

毫无用途
只能更深地陷入泥潭

凌晨三四点
你怎么不努力睡觉
还一味做体操
一味打长途电话
一味听巴赫
　　　　　贝多芬
　　　　　　　　柴可夫斯基
一味照镜子
一味使劲呼吸

多么可悲——关了灯多好

母亲告诉可笑的老人：
你跟你父亲一模一样
他也不想死

愿上帝赐你长寿，这样你可以多开几年车
愿上帝赐你长寿，这样你可以在电话里多聊几年天
愿上帝赐你长寿，这样你可以多呼吸几年空气
愿上帝赐你长寿，这样你可以埋葬母亲

可笑的老头，你睡着了
老人本不打算睡觉
不要把哭泣当作睡眠

安息吧

是啊——安息吧
潮湿怎么办?
有苔藓怎么办呢?
墓碑很重怎么办?
拿那些喝醉的掘墓人怎么办?
有贼怎么办?
有啃棺材的老鼠怎么办?
该死的到处乱窜的
蠕虫怎么办?
它们使我们死了也不得安宁
难道你们以为
我们失去了知觉吗……

说"安息吧"似乎很恭敬
大家明明知道这很荒诞
只是为了取悦可恶的死神

告诉你们吧
我们什么都知道
比如准确无误地感觉到
蜘蛛随意
在我们腿上跑来跑去

让我们打开坟墓
说亮话：
你们继续你们的安慰
我们继续待在我们的深渊

1979

马库尔大街与伊拉扎瓦尔大街之间
距离教学楼三个还是四个街区
阴霾四布
       宪兵全副武装
有一位翻垃圾的女人
熙熙攘攘的汽车
可怕的东方香蕉树

这座城市注定消失

他们说不用担心
全世界如此
这是 1979 年

世界末日十四行诗四首

1

卌 卅 卌 卄 卄 卌 卅

卄 卄 卌 卌 卜 卌 卄 卌

卌 卄 卄 卌 卌 卅 卅 卌

卄 卅 卌 卌 卅 卅 卅 卅 卌

卄 卅 卌 卌 卌 卅 卅 卄 卌

卌 卜 卌 卌 卌 卅 卅

卌 卅 卌 卜 卌 卅 卅 卅 卌

卅 卅 卌 卄 卄 卅 卅 卌

卅 卅 卄 卌 卌 卌 卌 卅 卌

卌 卄 卜 卌 卌 卜 卌 卅 卌

卌 卄 卄 卌 卌 卌 卌 卌

卄 卄 卅 卌 卌 卅 卌 卌

卅 卌 卄 卌 卜 卌 卅 卅

卅 卅 卌 卅 卌 卌 卄 卄

2

卌 卌 卌 卌 卌卌 卌 卌 卌卌 卌
卌 卌卌 卌卌 卌 卌卌 卌 卌卌 卌卌卌
卌卌 卌 卌 卌卌卌 卌卌 卌 卌 卌卌
卌 卌 卌卌 卌卌卌 卌 卌卌 卌 卌卌

卌 卌 卌 卌 卌卌 卌 卌卌卌 卌卌
卌 卌卌 卌 卌卌卌 卌卌 卌卌 卌 卌
卌 卌 卌卌 卌卌 卌 卌 卌卌 卌 卌卌
卌卌 卌卌 卌 卌 卌卌 卌 卌 卌卌 卌卌

卌 卌卌卌 卌 卌 卌卌 卌卌 卌卌 卌 卌卌
卌 卌卌 卌 卌 卌 卌卌 卌 卌卌 卌卌
卌 卌卌 卌 卌 卌卌 卌卌 卌 卌卌卌 .

卌卌 卌 卌卌 卌 卌卌 卌 卌 卌卌卌
卌 卌卌卌 卌 卌卌卌 卌 卌卌卌 卌 卌
卌 卌 卌卌 卌 卌卌 卌卌 卌卌卌 卌 卌卌

3

卌 卌 卌卌 卌 卌 卌卌卌 卌
卌 卌 卌卌 卌卌 卌 卌卌 卌 卌卌 卌

卌卌 卄 卄 卌卌 卌卌卌 卅卅 卅 卅
卄 卅 卌卌卌 卅 卅 卅卅 卅 丨 卌卌

卄 卅 卅卅 卌卌卌 卌卌 卅 卅 卄
卌卌卌 丨 卌卌 卌卌卌卌 卅卅 卅卅 卅
卌卌 卅卅 卄 卄 丨 卌卌 卅卅 卌卌 卅
卅 卅 卌卌卌 丨 卄 卄 卌卌 卅卅 卌卌

卅 卅卅 卄 卌卌 卌卌卌 卌卌卌 卅卅 卅
卌卌 卄 丨 卌卌 卌卌卌 丨 卌卌 卅 卌卌
卌卌卌 卄 卄 卌卌 卅卅 卌卌 卌卌

卄 卄 卅 卌卌 卌卌 卅 卌卌卌 丨 卌卌卌
卌卌 卅卅 卄 卌卌卌卌 丨 卌卌 卅 卅
卅 卅卅 卌卌 卌卌 卌卌卌 卌卌卌 卄

4

卄 卅 卌卌 卄 卌卌卌卌 丨 卌卌 卅 卌卌 卄
卅 卄 卌卌 卌卌卌 丨 卌卌卌 卄 卌卌 卄 卅
丨 卌卌卌卌 卅 卄 卌卌卌卌 卌卌 卅 卄 卌卌
丨 卄 卌卌 卅 卌卌卌卌 卄 卌卌卌卌 卄 卌卌卌

卅 丨 卅 卌卌 卅 卌卌卌 卄 卅 卅 卄 卌卌卌卌

卌 卌 卌 卌卌 卌 卌卌 卌卌卌 卌 卌

卌卌 卌 卌卌 卌卌 卌 卌 卌卌卌 卌 卌卌卌

卌卌 卌 卌卌卌 卌卌 卌 卌卌 卌 卌 卌 卌卌 卌卌

卌 卌卌卌 卌 卌 卌 卌卌 卌卌卌 卌卌 卌 卌卌

卌 卌卌卌 卌 卌 卌 卌 卌卌卌 卌 卌卌卌 卌卌

卌 卌卌 卌卌 卌 卌 卌卌 卌卌 卌 卌卌卌

卌卌 卌 卌卌 卌 卌 卌卌 卌卌 卌 卌卌卌

卌 卌卌卌卌 卌 卌卌卌 卌 卌卌卌 卌 卌 卌

卌 卌 卌卌 卌 卌卌 卌卌 卌卌卌 卌 卌卌卌

367

交易

我拿一位三十岁的少女
换两位十五岁的老女人

拿结婚蛋糕
换一对电动拐杖

拿患有脑膜炎的猫
换一张十八世纪蚀刻画

拿活火山
换一架几乎全新的直升机

拿一只鹿
换一匹马

拿左边的鞋子
换一只右边的鞋子

请留意今日的格言

智者不言
中国智者是沉默的
饱暖思淫欲
凤有凤巢鸟有鸟窝
门当户对
逆水行舟
不进则退
自由自在
为所欲为
天下为笼
二加二不等于四
        曾经它的确等于四：
不过，今天无法肯定

生存还是毁灭

这是个困境

我想知道什么更可取
接受悲惨变幻莫测的命运
还是反抗并打败
无止境的磨难

死去
　　　寝息
　　　　　　放弃
闭上眼睛
结束一切心痛
结束可怜的肉体
所要面对的
来自大自然的
成千上万种危险
这是多么诱人的念头

死去
　　　寝息
　　　　　寝息：或者做梦

啊！问题在于
当我们要放弃凡人的躯壳时
我们仍保存的梦想
会阻止我们
对死亡的渴望
　　　　　　　这也是为何
痛苦永远无法终结

有谁会愿意继续受苦
忍受暴君的专横
司法机构的官僚
时间的煎熬和嘲弄
爱情被鄙视的痛苦
狂妄者的暴力
年老体衰的事实
以及自私世界对诚实劳动的不尊
实际上我任何时候都可以
用匕首捅死自己

为什么还要继续费心耗神和抱怨
继续担负沉重而卑微的生活
难道是那条未知的不归路
使我们恐惧
使我们压制自己的意志
迫使我们在这泪谷中生根发芽

而不是去探索神秘莫测的世界

意识使我们懦弱
使我们产生灰暗的念头
抛弃最钟爱的抉择
意志被思想压制
连最庄严的承诺
刚出生就注定要消亡

美丽的奥菲莉亚来了
　　　　　　　请安静
仙女
　　求你在此时此刻
为这个可悲的罪人祈祷吧

阿基米德定律

一位国王在旅途中掉进了深井
无人知道如何救他
直到一名叫阿基米德的花童
建议在临近的湖里
挖一个通往此井的洞
结果，国王随着水位浮出水面

我会背三首诗

1

灵魂，你什么都不必对我说
对于你微弱的声音
我的门已经关闭

一盏亮着的灯
等待了
你一生
如今此光早已燃尽

秋季的冷风
通过窗户的裂缝
侵入：
我摇摆的灯光
化成巨大的火焰

灵魂，你什么都不必对我说
对于你微弱的声音
我的门已经关闭

2

有个穷鬼
之前常到我住的县城：
他年轻，瘦弱，满头黄发
衣衫凌乱，身上脏兮兮
总是垂头丧气，无所适从
一个冬日
几名带着猎犬
边走边唱的猎人
在我家果园附近的河里
找到了他的尸体
身上除了身份证
没有其他物品
法官讯问夜班保安
他说不了解死者
周围其他邻居
佩雷斯先生、平托先生
也都说不认识这个人
一位姑娘说他像个疯子
像在街头流浪的乞丐
旁边有个偷听的小混混
高兴地笑了起来
真是一些贱人！
掘墓人铲起土

埋葬了他
抽完烟、整了整帽子
一走了之
再也无人过问，再也无人过问

3

阿劳科[1]的土地，悲痛的土地
生我养我的亲爱的土地
生活在你之上的人曾经幸福过
如今只能叹气
你的山不再绿
天空不再碧蓝
马普切族姑娘不再
坐在地毯上唱歌
孩子们
似乎也不再敢笑
大鹅成群结队飞离你的湖
你的森林在梦中哭泣
风铃草像红宝石花的花蕊
一样摇曳

1　阿劳科（Arauco），智利城市，位于该国中部，由比奥比奥大区
的阿劳科省负责管辖。

就像印第安人死前
流下的血红色眼泪

阿劳科的土地，悲痛的土地
你不再是曾经的你
我游遍了世界
学会说许多语言
如今我历经沧桑
而你的记忆
像树根扎在土地一样
刻在我心里
荒凉田野中
被毁的马普切房子
和生了锈的矛
不剩兵力
印加王终究获胜
阿劳科的土地，悲痛的土地
除了离别你的痛感
还有一种悲痛
就是回归之后
看到你一片狼藉

性侵犯

椅子指控沙发
性骚扰
沙发声称椅子
在打电话时
自己主动脱掉了衣服
法官先生：我应当怎么办？
椅子坚称是性侵
结果被告
被判有罪

超音速死亡

她飞速地
直奔疗养院的方向
对我视而不见
仿佛我是个红唇少年
然而死神清楚地知道
我是等她都等得不耐烦了的
未婚夫

难以捉摸的死神——冷漠的死神
你最风流潇洒

关于霰弹枪

让我们铺好这座山吧
不用水泥和血液
按照我 1970 年的计划
我们用紫罗兰
铺好这座山吧
到处种满紫罗兰
让紫罗兰覆盖一切
谦虚
　　平等
　　　　博爱
让全世界铺满紫罗兰

*

在我看来
智利金翅雀
应当保持沉默
直到他再次获得自由
心里除了自由
　　　　　　和笼门
不应当胡思乱想
要用行动代替花言巧语

他应当尊重
他那象征着自由的名字
不然化成爬行动物

最可悲的将是
像盲人一样继续唱歌
仿佛智利什么也没发生

*

我真诚到总吃亏
乐观得像个笑话
慈悲和谦虚得
总让人欺负：
活该
谁叫我颂扬行善积德

多亏一切变了
如今我到处
明抢暗偷
金牌银牌
酒足饭饱：
从不让步也不求人
反而更受大家尊重

我，失去良心的
钦巴区的宠儿
希望你们随时
封我为圣吧。阿门。

*

昨日十七个恶棍
在拉莫内达宫[1]附近被抓
他们正运送着橘子
和一本《圣经》

其中三人
与警察
对抗之后
逃走了

其余恶棍全部被杀

*

把妓院称为青楼

---

1 智利总统府。

把妓女称为娼妇
把耶稣基督

　　　　称为主
把约旦河称为银河系

语言即人
你不要说"太阳"

　　　　　　　要说"太阳星君"
如果你说"军事声明"
看你的奖金会如何快速增加

假如你说"军事政变"看他们会怎么斜视你

不要叫"意大利佬"
最好说"意大利公民"
更文雅

　　　更虔诚

正如你们所听到的，女士们，先生们
把"马"说成"骏马"的人
他一定前途无量

*

诗歌，诗歌，一切是诗歌

我们上厕所
都在作诗

这是埃尔基基督的原话

撒尿就是诗
像弹琵琶
大便、写诗或放屁
一样具有诗意

诗到底是什么

埃尔基基督的原话

*

另外
请销毁这张纸吧
诗歌跟随你
跟随我
　　　跟随我们所有人

四个元素

我把大地娶回了家
拥抱接吻，之后争吵不休

我决定离婚，为了再次走入婚堂
这次的新娘是天空女郎
飘逸得像空气

又一轮热烈的拥抱和接吻

长话短说
这次婚姻也以失败告终
具体什么原因我不记得
都怪我与太阳搞婚外恋
最终出现了一个女人
像《一千零一夜》中的女人
像女神

阿佛洛狄忒女神

长话短说
这次婚姻也以失败告终
我步履艰难

近似疯狂

不知怎么竟没有自杀

——我仍可以自杀——

如今，我是水的丈夫

说出你的名字就拥有了你

请不要试图逃离我
因为，就像这首诗的名字
我说出你的名字就拥有了你

人物汇编

（写于 1927 年，奇廉附近）

没有叶子的香菜
　　　　　　　大蛇
缺肥料的大葱
　　　　　　狗娘养的托雷斯

大肉肠
　　　螺丝
　　　　　世界末日

其他重要人物：
香喷喷
　　　（他人如其名从不换鞋）
炸猪皮
　　　天使
　　　　　倒霉蛋

七个义务劳动项目和一个煽动行为

1

诗人往湖里扔石头
湖面同心圆向外波动

2

诗人爬到椅子上
给挂在墙上的钟上发条

3

抒情诗人
在盛开的樱花树前跪下
并开始祷告

4

诗人穿上潜水服

跳进公园的泳池

5

诗人抓着一把伞
从迭戈·波达莱斯塔的顶层
纵身跳下

6

诗人将无名烈士墓当作阵地
从那里向路人射毒箭

7

受诅咒的诗人
往石头上扔鸟自娱自乐

煽动性行为：

诗人割腕
向他的祖国致敬

绝不可信的东西

为艺术而艺术的教条
多明戈·德·索托
塞维利亚一位园丁之子
的推测
无产阶级专政
流体静力学悖论
教皇的葬礼
以及大象渺小的尾巴

咬牙

我一咬牙
把所有财产留给
市政屠宰场
移动通信企业
彩票公司

现在随你们，开枪吧

教皇的诗

1

他们刚刚选我为教皇
我是世界上最有名的人

2

达到了传教事业的顶峰
我可以死而无憾

3

然而主教们不开心
说我态度冷淡
难道我举止过于严肃?
我可是教皇呀，天哪

4

明天一早
我将搬到梵蒂冈

5

我的演讲主题是：
如何在教会事业中取得成功

6

我收到了热烈的祝贺
世界上所有的报纸头版
刊登了我的照片

毋庸置疑
照片上的我显得格外年轻

7

这些都在意料之中

从小我就梦想着做教皇
雄心勃勃，勤奋努力
直到愿望成真

8

永援圣母！
我怎么忘了保佑在场的人们！

Ⅲ

他死了

他逝世了
报废了
不行了
离开人世了
归天了
倒下了
丧亡了
长眠了
他丧生了
过世了
要进棺材了
他大限临头

阿姨您别哭
大叔心里有数

他把灵魂献给了主
他断气了
他与世长辞了。

快速列车

（圣地亚哥和蒙特港之间）

快速列车的火车头
在目的地蒙特港
它的最后一个车厢
在起点站圣地亚哥

这种列车可以让
旅客在圣地亚哥
登上最后一个
车厢的同时
到达蒙特港

旅客只需要
提着行李箱
从最后一个车厢
走到火车头

走完之后
旅客就可以下车
快速列车
在旅途中
一动也没动

注：此类直达列车只适合单程旅行

莫妮卡·席雷瓦

我相信
世上有许多莫妮卡·席雷瓦
无论是黑发还是金发
她们个个楚楚动人
    莫妮卡·席雷瓦
是智利荣耀的代名词
是神圣的美的代名词

我还相信：
除非您
是光棍
不然您履历上一定能列出一个
莫妮卡·席雷瓦

连我
都曾拥有属于自己的
异常美丽
   十分殷情的
莫妮卡·席雷瓦
我是个傻瓜
才失去了她

说实话
　　　　我们国家
有各种各样的
莫妮卡·席雷瓦
但她们都
比不上我的
莫妮卡·席雷瓦

想象中的男人

住在想象中的豪宅
被想象中的树木包围
在一条想象中的河岸上

在想象中的墙壁上
挂着想象中的老画
和想象中的裂缝
它们代表着想象中的事件
发生在想象中的世界
和想象中的时间和地点

每天下午都是想象中的下午
他爬上想象中的楼梯
探望想象中的阳台
凝视着想象中的景色——
一个想象中的山丘
包围着想象中的山谷

虚影
沿着想象中的道路前进
随着想象中的日落
唱着想象中的歌曲

在想象中的月夜
他梦见了
给予他想象中的爱
的想象中的女人
他又一次感受到了痛苦
和一种想象中的快乐
想象中的男人的心
再次悸动

为自己辩护的律师

他庄重地出现
在城市公墓的
某个坟墓前
带着一捆红色康乃馨
他没有花瓶
就把供品存放在
从邻近的坟地偷来的
空罐子里

在我的床底下

我埋葬了妻子

许多年前
我一怒之下杀死了她

有时我午夜惊醒
女人，我好冷
上来温暖温暖我这把老骨头吧

她从不反对
若是不按时叫她
她反倒会主动上来

扑向我的尸体
用拥抱和亲吻叫醒我
我们像熊熊烈火中的麦田

把色老头的钱扒光

你把笔拿走
我摘下他的领带
大家伙抢光他的一切
我拔他的黄牙
你脱掉他的毛袜

就这样
她们动手偷他的钱
还偷了一升汽油
两三米长的卫生纸
四个空信封
整套色情图书
七个苹果——八个煮熟的鸡蛋
半打红色康乃馨
九个火柴盒
和一堆安全别针

老头子终于醒来
立即把她们扑倒在地

单相思

（哇伊奴¹）

从马丘比丘下来
宝贝啊
我爱上了一个当地姑娘
小摇篮啊
比驼马更美丽
宝贝啊
但她不理我
小鸽子啊！

你太老了
宝贝啊
她说完笑着跑了
小摇篮啊
我在想
宝贝啊
生活就这样
小鸽子啊！

1　哇伊奴（Huayno），一种秘鲁山区的民谣。这首诗是对智利诗人
聂鲁达的代表作《马丘比丘之巅》的嘲讽回应。

我还是回智利吧
宝贝啊
那里有太太在等我
小摇篮啊
还有我的七个老鼠仔
宝贝啊
就当什么也没发生吧
呼呼耶耶！！！

圣地亚哥在望

这就是大名鼎鼎的
智利首都圣地亚哥
和那座大名鼎鼎的
圣·克里斯托瓦尔山 [1]
那束光来自大名鼎鼎的
马波乔河 [2]
哦，莫非我在做白日梦
天哪，努丽亚·诺里 [3]
如果没有这座城市，我该怎么办

1　圣·克里斯托瓦尔山（Cerro San Cristóbal），圣地亚哥市制高点，位于城市东北部，为安第斯山脉一个细小分支的终点。

2　马波乔河（Río Mapocho），智利河流。它从安第斯山脉的源头流向西部，并将智利首都圣地亚哥一分为二。

3　努丽亚·诺里（Nuria Nuiry），诗人帕拉熟悉的古巴文学评论家。

克拉拉·桑多瓦尔 [1]

克拉拉·桑多瓦尔是个怎样的女人
从阿瓜达立交桥到尕特大街和恰维斯大街
从尕特大街和恰维斯大街到法国之家
从法国之家到拉雷科瓦市场
从拉雷科瓦市场到儿童营养管理中心

就这样，一年如一日

从儿童营养管理中心到阿瓜达立交桥

她总在缝纫机前
缝个不停
——她不得不养家糊口——
或忙着剥土豆皮
或织补
　　　或浇花
或洗永远洗不完的脏尿布

她不嫌家穷

1　克拉拉·桑多瓦尔（Clara Sandoval），诗人帕拉的母亲。

知道自己嫁给了一个
潇洒的文艺青年

她的身体有很多不健康的迹象：
比如穿针时
只能眯着眼睛看
但又买不起价格昂贵的眼镜
她还有许多诸如此类的女人病……

她并没有失去信心：
几公里长的毛线活儿
不断被她的双手织出来
廉价的裤子像云一样
堆在我们周围

她不知道什么是累
工作越辛苦
精力越旺盛

提托需要学费
维奥莱塔需要填饱肚子

忙完之后她还有时间流泪
这位年轻美丽的寡妇
会作为智利最不幸的母亲

被载入历史史册

忙完之后她还有时间祈祷

诺贝尔奖

诺贝尔阅读奖
应当颁发给我
我是最理想的读者
阅读趣味广泛：

我阅读了所有街道的名字
和霓虹灯标牌
卫生间的墙壁
每日新公布的价目表

以及警方的消息
赛马的预测

汽车的专利

对于像我这样的人而言
语言是神圣的

评审团的先生们
我犯不着撒谎
我是个热情而忠实的读者
我阅读一切，绝不错过任何内容

连经济新闻也不放过

虽然最近我阅读能力下降了
主要怪时间不够
但是呢，我真的阅读了不少

所以我要求
把诺贝尔阅读奖
尽快颁发给我

诗人与死亡

死神醉醺醺地
到了诗人家
老头子，把门打开
我正在找一只小绵羊

朝三暮四的大娘，请原谅我
我生病了——你过后再来吧

开门，你这个老混蛋
敢对我无礼？
不管怎么样
你必须帮我磨斧头

你这家伙
让我安静地死去吧

你这个胡子像蟑螂的
该死的老头子
你死之前
我也得把你干一把

门终于打开了：

好吧——老太婆你进来吧
她把衣服脱光了
他不客气地爬了上去

圣歌

在人生的道路上
我曾走入某个禁地
在黑暗的丛林迷了路

想起来
汗毛站立：
一头狮子、一头母狼和一只黑豹
看着可怜的我，像是想要把我当早餐吃掉

多亏伟大的托马斯[1]
及时出现
否则我哪能活着
讲这个故事呢

1　指智利诗人托马斯·拉戈·平托。

中断

宙斯爱上一个美丽的凡人
遭了她的拒绝
无法与她过夜
绝望中他变成一只鸟
希望以鸟的身形
释放对美女的激情

喜欢鸟类的她
疯狂地爱上了这只天鹅
立即张开了双腿
没有意识到她正被欺骗

然而，性器官的硬度
长度和直径
暴露了宙斯的身份
在性高潮中
这位聪明的不伦不类的神
只得在真空中射精

警告

第一，我写作时
会抓着苍蝇的翅膀

第二，我写作时
会抓着苍蝇的翅膀
准确地说，我会咬牙切齿地咬住苍蝇的翅膀

其三，我写作时
会抓着苍蝇的翅膀
     等等等等

理想的老板娘

托托夫人不是个理想的老板娘。她让埃琳娜精神极度紧张，当她忙着做某件事情时，老板娘会吩咐她做其他家务。当劳尔打蜡时，她又派他去洗窗帘。电工师傅安装洗碗机时，她竟然派他铺床。这就是为什么谁也不想给她打工。她还很不喜欢付工资。

比起岛屿 [1] 我更属于拉雷纳

比起圣地亚哥我更属于奇廉，
比起比尼亚 [2] 我更属于瓦尔帕莱索
比起城市的中心我更属于城市的边缘

比起无政府主义者我更是个达达主义者
比起社会民主主义者我更是个无政府主义者
比起斯大林主义者我更是社会民主主义者

语言和行动之间我更相信语言
但如要评判我，不要以我说出的话为准
而是以我沉默了的那些

1　指诗人帕拉曾经居住的黑岛，位于智利中部沿海地区，在圣地亚哥以西 96 公里处。

2　比尼亚（Viña），即比尼亚德尔马（Viña del Mar），是圣地亚哥西北部的海滨度假城市。

关于反诗歌的一些笔记

1. 反诗歌寻求的是诗意而不是雄辩。
2. 阅读反诗歌应按照诗歌创作的时间顺序。
3. 应该像读反诗歌一样快乐地阅读其他诗歌。
4. 诗歌会被淘汰——反诗歌也如此。
5. 诗人不加区分地对我们所有人说话。
6. 好奇心常常阻止我们充分享受反诗歌，反诗歌不需要理解和讨论。
7. 如想充分体验请真诚地阅读，不要被作者的名字所迷惑。
8. 尽量多提问，真诚地倾听诗人的回答；不要讨厌老人们的话，因为他们不是偶然说的。
9. 问候大家。

那边是谁

是我的丑老爸吗?

——还能有谁呢，闺女……

——父亲您进来吧

您来了真好

您想坐哪里

椅子上，还是地板上?

——怎么都行，闺女……

——您喝什么呢

有茶、咖啡和巧克力

——都要吧，闺女……

——吃面包还是煎饼?

——面包和煎饼都要

——父亲您怎么哭了呢?

——哎，都是为了那忘恩负义的老太婆呀

她先走了，没有把我带上……

——父亲您别再哭了

——怎能不哭呢……

热恋

这位善良的
　　　　　高贵的
高雅的
　　　具有内涵的
超凡脱俗的
女士
她规律地，频繁地
有条不紊地
时隐时现

但我是一个弱智
几乎每次
只亲吻她的额头

我遐想与她度过
美妙无比
假牙相互碰撞的
夜晚

中央车站

1932 年 1 月
戴丽霞斯大街右侧
是带有锻铁阳台的
阿拉米达酒店
厄瓜多尔大道左侧
是挤满了各种零售商的
电动汽车广场
一股强烈的氨味
陈腐的老杨树
向市中心排列着
南方的火车进站了
天渐渐黑了
幽灵般的出租车
在火车站的北边
走动着

诸如此类

帕拉像个狂人笑起来
但诗人不是一直在笑吗?
至少他声称在笑

岁月流逝岁月
流逝
至少似乎在流逝
假如这是错误的
至少一切表明
岁月在流逝

现在他哭了起来
忘了他是一个反诗人

*

不必挤破脑袋
现在没有人读诗
诗好诗坏无关紧要

*

我的杜尔西尼亚 [1]
不能原谅我的缺点：
衰老
低贱
国家文学奖获得者

"我家人兴许可以原谅
你的前三个缺点
但最后一个绝对不可能"

*

我和我的尸体
相处得很融洽
我的尸体问我：你相信上帝吗？
我衷心地回应"不"
我的尸体问：你相信警察吗？
我以一拳打在他的脸上做回应
之后他从棺材站出来
挽起我的手走向结婚礼堂

1　堂·吉诃德爱慕的女子。

*

哲学的关键问题
是谁来刷碗

其实这没什么

上帝
　　真相
　　　　时间的流逝
这些也绝对关键
但首要问题是谁来刷碗

谁想刷就刷去吧
再见啦
　　　我们照样做仇人

*

家庭作业：
要用这个句子开头
写一首十四行诗：
我宁愿比你先死
并用以下句子结束：

我宁愿你先死

*

你知道
当我跪在十字架前
看着他伤口
的时候
发生了什么？

他眨着眼睛对我微笑！

我本以为他从来不笑：
现在，我真的相信了

*

一个颓废的老人
向他心爱的母亲的棺材
扔红色康乃馨

女士们，先生们，你们没听错
一个老醉鬼
用红色康乃馨
轰炸他母亲的坟墓

*

我为了宗教放弃了体育活动
（每个星期天我都在弥撒中度过）
为了艺术放弃了宗教
为了科学放弃了艺术

直到我终于得到了智慧

现在我仅仅是一个
不相信部分和整体的
普通过路人

原则声明

我宣称自己是个虔诚的天主教徒
从不混淆黑白

我宣称自己是马克思的弟子
是的，我拒绝下跪

我是天生的资本家
热爱美味佳肴

我是苏维埃的地下特务
但切记，这与克里姆林宫无关

简而言之
我宣称自己是一个彻头彻尾的极端分子
我什么都不认同

上帝是个感叹词
它是否存在并不重要

反拉撒路

拉撒路，你不必从坟墓中出来
复活对你有什么好处
此举兴许
会成为一时的壮举，但，
                          之后
                             又回到日常生活
老兄，此举不可取，不可取

骄横、痛苦、贪婪
性欲的专横
女人们的各种折磨

时间之谜
空间的任性

慎重吧，拉撒路，慎重吧
你难道不记得
令你大发雷霆
破口大骂
的各种琐事吗？

令你烦闷的一切

以至于
连自己的影子
也不放过

你的记忆哪里去了，老兄？
你的心曾经是一堆废墟
——用你自己的话说——
你的灵魂也一无所有

为何要回到但丁的地狱
重演这出戏呢？
什么神曲，什么乱七八糟的
都是烟花和幻觉
捕捉贪婪小老鼠的诱饵——
致命的错误！

死尸，你是幸福的
坟墓里你什么都不缺
轻松自如

喂，喂？你在听吗？

谁会为了
得到阴沉妓女的爱抚
而放弃

地球的拥抱
除非失去了理智
去与魔鬼结盟

不要中断你的睡眠，老兄，继续睡吧
摆脱任何疑虑
你是自己棺材的主人
在完美的夜晚的寂静中
像鸟一样自由
仿佛你从未在生者中行走过

无论如何也别从坟墓中醒来
要坦然以对
就像诗人曾经说过的
你的整个死亡在你面前

李尔：国王和乞丐[1]

2004

---

1 1990 年，尼卡诺尔·帕拉翻译了威廉·莎士比亚的《李尔王》。他译著的《李尔，国王与乞丐》（*Lear Rey & Mendigo*）不同于以西班牙语流传的莎士比亚经典的任何版本。从 20 世纪 90 年代初开始，在研究莎士比亚的同时，帕拉也开始研究抑扬格五音步的度量，以使其翻译更具流畅性。

李尔 [1]

好：那么让真相做你的嫁妆吧

以太阳的神圣光辉

以被诅咒的月夜女神

以主宰人类生死

星球运行的

潮起潮落

我发誓

从今日起不再是这个女儿的父亲。

我将永远和你断绝

一切父女之情和血亲关系。

从今日起直到永远

我将在心里

把你当作一个路人看待。

连那些胃口贪婪

啖食自己儿女的

凶猛的斯基泰人 [2]

也不能比你

更让我想要拒之门外

---

1 《李尔王》第一幕第一场节选。

2 公元前 8 世纪—公元前 3 世纪位于中亚和南俄草原上印欧语系东伊朗语族的游牧民族。

与你相比
他们都能从我这里
得到更多的关怀
哦，我旧日的女儿。

李尔 [1]

稍后告诉你

（向高纳里尔）

生，死

我真惭愧

这是对我大丈夫气概的侮辱

热泪为一个下贱的女儿

滚滚流出。

愿毒风吹着你

恶雾罩着你

愿一个父亲悲痛欲绝的诅咒

刺透你的心

痴愚的老眼。若再为此流泪

我将挖掉你们

并丢到远处。

愿所流的泪水

与泥土搅拌。

我们怎会落到如此境地？

好，我还有一个女儿

我相信她是善良、孝顺的。

---

1 《李尔王》第一幕第四场节选。

她得知你如此对待我
一定会抓破你那豺狼般的脸。
好，你瞧着吧，你将看到
我恢复原来的威风。
我发誓：你将一定看到。
（李尔、肯特及侍从等下台）

肯特 [1]

无赖、恶棍、吃剩饭的

下贱的

　　　骄傲的

　　　　　恶的家伙

你是个告密者

　　　　　　婊子生的

狂妄的

　　　卑鄙的

　　　　　装腔作势的

猥琐的

　　　爱投机的懦夫

　　　半文不值的假绅士

　　　饭来张口衣来伸手的懒汉

财产不足以装满一个箱子

你这个一年只有三身衣服穿的下流坯子

又是臭脚

又是骗子

是的

又是爱下跪的奴才

1　《李尔王》第二幕第二场节选。

又是个杂种
又是拉皮条的流氓
又是白痴
又是贱母狗的儿子和孙子。
你要是敢
不承认这些头衔
我要把你打得放声大哭。

李尔 [1]

回到她那儿去?

裁撤五十名侍从!

不。

我宁愿没有房屋住,

宁愿和无情的风抗争。

和豺狼鸱鸮做伴侣。

饥寒有着恶人的脸。

回到她那儿去!

不如把我带到

那娶了没有嫁妆的

法兰西国王的座前匍匐膝行

像一个普通臣仆一样

恳求一份微薄的恩俸

苟延残喘下去。

回到她那儿去! 不如劝我

当个可恶的马夫

的奴才、给他做牛马吧。

(指奥斯华德)

---

1 《李尔王》第二幕第四场节选。

高纳里尔

随您便，先生。

李尔

女儿，我求你不要让我发疯。

我不会再来打扰你了，我的孩子。再会吧。

我们从此不再相见。

我们再也不会相见。

尽管你是我的亲骨肉，

我的血、我的女儿。

或者还不如说

你是我身上的疼痛

我不得不承认这些。

你熬我的身体

你是我身体上的一个恶瘤。

你是我腐败的血液里的

一个瘀块

一个肿毒的疔疮。

可是我不愿责骂你。

让羞辱自己降临你身上吧。

我不会呼召它。

我不会请求天雷介入。

我也不会把你的忤逆向垂察善恶的天神控诉。

等你准备好了再痛改前非吧

就按你自己的安排。

我可以忍耐。我可以跟里根住在一起。

带着我的一百个骑士。

李尔 [1]

与需要无关。
连最卑贱的乞丐
也有虚荣的身外之物。
如果不够
重视大自然
人的生命
和畜类的，有什么分别。
你是一位夫人，
如果大自然不要求你
穿如此华丽
却不能使你温暖的衣裳
这种盛装艳饰又有何用？
可是，如果是出于真正的需要……
那么天啊，给我耐心吧
我需要耐心！
神啊，你们看我这个可怜的老头子
身上背着忧伤和衰老
加倍的折磨！
假如是你们鼓动女儿

1　《李尔王》第二幕第四场节选。

使她们忤逆她们的父亲

请你们不要让我像个傻瓜

默然忍受吧。

让我心里激起一种高贵的怒火！

不要让我男子汉的面颊

被妇人般的祈求的泪水所玷污。

不，你们两个不孝的妖妇

我将会复仇

我复仇的能量会很强大

会使全世界震惊……是的：我会做的。

虽然我目前还不知道该如何做

但我会使全世界恐惧。

你们认为我将会哭泣

不，我不会哭泣。

(暴风雨)

尽管我有充分的理由哭泣。

我宁愿让这颗心碎成万片

也不愿流下一滴眼泪。

傻瓜。

我要发疯了。

李尔 [1]

你认为了不得吗

让这样的狂风暴雨

侵袭我们的肌肤。

或许对于你是这样的。

但对于身染重病的人

这些都是微不足道的痛楚。

假如我们为了避开一头熊

转身逃走

面临的却是汹涌的大海

那只能回去面对那头熊了。

当人心绪宁静

肉体才会变得敏感。

我的心灵被暴风雨所叩击

除了心的搏动

已经无法感觉

其他的一切:

儿女的忘恩负义!

这不就像一张嘴咬住

把食物送进嘴里的手吗?

1　《李尔王》第三幕第四场节选。

但我很快会重重惩罚她们。

不，我不再哭泣了。

在这样的夜里

把我赶到门外。

继续下雨吧。我会坚持不懈。

在这样的夜里。

啊，里根，啊，高纳里尔

你们内心诚恳的

年老仁慈的父亲

把一切都给予了你们。

啊！这样下去会发疯的

我要免于发疯。不能再这样下去！

肯特

是的陛下。您进去吧。

李尔

求你自己进去。

安慰自己吧

这暴风雨不会放过我

它让我仔细考虑更痛苦的事情。

但，我会进去的。

进去吧，孩子。你先进去。

无家可归的人。

你进去吧。

我先祈祷，之后再睡。

（弄人入内）

衣不蔽体的不幸的人们。

无论你们在哪里

忍受着这般

无情的暴风雨的袭击

你们头上没有个屋檐

你们忍饥受饿

你们千疮百孔的衣裳

怎能抵挡这凶恶的气候呢？

啊！我想得不周到！

去除贪心的方式：

让安享荣华富贵的人们

亲身体会

穷苦人所忍受的煎熬

让他们用自己的眼睛看到

财富应当给穷苦的人们！

这样老天才会更公道。

李尔 [1]

与其这样赤裸着身体

受风吹雨打

你死了会过得更好。

难道人不过如此吗？不过如此吗？

好好看看吧。

（向弄人）

你也不欠蚕身上一根丝

（向爱德加）

也不欠任何野兽身上一张皮

羊身上一根毛

也不欠麝猫身上一块香料。

我们这三个优雅的人当中

只有你最纯粹

把人的身份

放到最低

你这样寒碜赤脚

不过是个长着两只脚的动物

把身外之物

把衣服脱下来。

来！

1　《李尔王》第三幕第四场节选。

李尔 [1]

你看到人是如何逃离恶狗的吗?

以此表明

权威的伟大形象:

一条狗得势,

大家便唯命是从。

可恶的官员,

停住你残忍的手!

为何要抽打那位妓女?

你应当抽自己的背;

你渴望

奸淫她

这与你抽打她的罪行相同。

放高利贷的家伙把骗子判了死刑。

褴褛的衣衫暴露所有小小的过失。

披上锦袍裘服便可隐匿一切。

罪恶镀了金

公道坚强的枪刺

戳在上面也会折断。

把它用破烂的布条裹起来

1　《李尔王》第四幕第六场节选。

侏儒的一根稻草就可以戳破它。

我赦免所有人。

难道有理吗，朋友

掌权者为何

可以封住控诉者的嘴唇

你去装上一副玻璃眼睛

假装看得见你所看不到的

像一个卑鄙的政客。

好，好，好。

把靴子给我脱下来。用力一点，再用力。就这样。

爱德加

（旁白）

啊！

智慧和愚昧夹杂在一起

疯狂中清醒

李尔

你如果愿意为我的不幸而痛哭

那么拿去我的眼睛吧

我知道你；你的名字是葛罗斯特。

你必须有耐心。

我们是哭着来到这世上。

第一次嗅到空气

就在呻吟就在哭泣，不是吗？

我继续讲一番道理给你听。我还没说完。

葛罗斯特

(深深的呻吟声)

唉！生活啊！

李尔

我们一生下来

就会放声大哭宣布

我们来到了这个巨大的马戏团

这质量不错！

(用手抚摸着葛罗斯特的衣裳)

用天鹅绒包住马蹄铁

倒是一个妙计

以防敌人听见马的到来。

我要试一卜

一旦我把两个女婿的营帐

围攻起来了

我就杀呀，杀呀，杀呀，杀呀，杀呀！

(侍臣率侍从等数人上)

侍臣

啊！就在这儿。不要让她逃了。——陛下，

您最亲爱的女儿——

李尔

没有人救我吗？怎么！我变成一个囚犯了吗？

我仍然是被命运愚弄的小丑

好好对待我。有人会拿钱来赎我的。

我需要看医生。

我头脑受不了了。

侍臣

您将会得到一切。

李尔

没有人帮助我？我独自一人对抗所有人吗？

怎么会这样？难道想让我痛哭流涕

用我的眼睛充作灌园的水壶……

是的

之后去浇洒秋天的沙子。

侍臣

我的陛下——

李尔

我要像个新郎似的

勇敢地死去。

你们看到我有多么快活。

靠近我，靠近我。我是一个国王。
诸位，你们不知道吗？

侍臣

您是一位尊严的王，我们服从您的旨意。

李尔

那么还有几分希望。
但我提醒你们此王有腿
想追我得奔跑。
来呀，来呀，来呀，来呀，来呀
（跑着出场，侍从等随下）

饭后演讲

2006

麦麦培尼[1]
在瓜达拉哈拉的演讲

1991

我们或一起得救或分开下沉。
——胡安·鲁尔福《墨西哥与墨西哥人》

---

1 "麦麦培尼"（Mai Mai Peñi），智利土著马普切人所使用的马普切语，意思为"兄弟早上好"。

I 克拉拉·阿帕里西奥夫人 [1]

胡安·鲁尔福生前的妻子，
诸位领导，
女士们先生们：

一位刚刚去世的朋友
曾经劝我
放弃对学术话语权的追求
因为今天无人认可
思想和理念：

历史已经终结
艺术和哲学分文不值

你应该
朗诵你的反诗歌

1　克拉拉·阿帕里西奥（Clara Aparicio），胡安·鲁尔福生前的妻子。
胡安·鲁尔福于 1941 年左右在瓜达拉哈拉市的那不勒斯咖啡馆遇到
了当时年仅 13 岁的克拉拉·阿帕里西奥。最初他们是书信来往，几
年后胡安·鲁尔福宣布想娶克拉拉为妻。他们于 1948 年 4 月 24 日在
墨西哥结婚。帕拉写这些诗的时候鲁尔福已经去世。

卡洛斯·鲁伊斯-塔格勒[1]劝我

朗诵与死亡有关的诗

死亡在墨西哥很有威望：

鲁尔福会在坟墓里为你鼓掌

---

1 卡洛斯·鲁伊斯－塔格勒（Carlos Ruiz-Tagle，1932—1991），智利作家。

II 不同种类的演讲

当然
不用过多思考，爱国演讲是一种

此外，还有一种
自我销毁的演讲：

这种演讲的表情和
声音不同步

还有一种
不停地用各种音调
重复
一个单词
这是维多罗夫[1]演讲

种类如此之多
相信读者会同意我的看法
实际上演讲

1　维森特·加西亚－维多罗夫·费尔南德斯（Vicente García-Huidobro Fernández，1893-1948），智利诗人，出生于贵族家庭。他推动了智利的先锋文学和诗歌运动，在智利文坛上有着重要的地位。

只能归为两类：

精彩的演讲和差的演讲

理想的演讲
是没有内容的演讲
尽管它似乎讲了一堆道理
马里奥·莫雷诺[1]会同意我的观点

1　马里奥·莫雷诺·雷耶斯（Mario Moreno Reyes，1911–1993），艺名坎廷弗拉斯（Cantinflas），被认为是最有成就的墨西哥喜剧演员，在整个拉丁美洲和西班牙都广受欢迎。他同时也是一位电影制片人。

III　其实，我本来打算

发表两个演讲
我不愧是马其顿·费尔南德斯[1] 的好弟子

我本来想发表
二十世纪最后一场糟糕的演讲
和二十一世纪第一场出色的演讲
不料，我在路上遇见了
之后摔死在去办公室路上的
卡洛斯·鲁伊斯 - 塔格勒

写好一个出色的演讲
对于我这种天才
是件容易的事情
只需要逐字抄袭
希特勒、教皇等
就够了

最后一场糟糕的演讲比较难写

1　马其顿·费尔南德斯（Macedonio Fernández，1874-1952），阿根
廷作家、幽默家和哲学家。他创作有小说、故事、诗歌等，是博尔
赫斯等阿根廷先锋作家的导师。

因为更糟糕的演讲
迟早会出现

办公桌上
最后一场糟糕演讲的稿子放在左边
第一场出色演讲的稿子放在右边
我写完了另一页
纠结应该怎么办：
到底把这一页放在哪里
妈呀！
放左边？还是放右边？

IV 说实话

其中一个演讲
可以这样开头：

女士们 & 先生们
这是一个我不应得的奖
在发表感言之前
请允许我
给你们念一些
我听到获奖消息时
随手写下的笔记
或许演讲也可以
这样开始：

女士们 & 先生们：
饭后演讲通常
不错，但很长
我的演讲很糟糕但会很短
这
不足为奇
我无法连贯地思考
所以我是诗人
不是政客
也不是哲学家或商人

V 让我们熟悉起来吧

数年前我
在智利北部↑
准确地说是在蒙特格兰德 [1]
某个荒凉的坟墓里
发现了几段诗
请允许我在此回忆这些：

我是露西拉·阿尔卡亚加 [2]
别名是加夫列拉·米斯特拉尔
我先获得了诺贝尔奖
之后得了国家文学奖

我虽然已经去世了
但我仍然不满
因为我从来没有获得过
市政府文学奖

你们会说

---

1 蒙特格兰德（Monte Grande），阿根廷城市，位于该国东部。

2 露西拉·阿尔卡亚加（Lucila Godoy Alcayaga，1889–1957），以笔名加夫列拉·米斯特拉尔而闻名，智利诗人和作家。

诗人可以当导游
诗人可以当主持人
诗人也可以当网络管理员：
是的，确实如此

现在我引用
一位在回家途中
死去的朋友的话
他的名字是
卡洛斯·鲁伊斯-塔格勒：

我们都在朝着同一个方向迈步

VI 佩德罗·巴拉莫

瓜达拉哈拉在一个平原
墨西哥城在泻湖中 [1]

1

不要再想我了，苏珊娜 [2]
我求求你
明知道我早已死去
埋在地下三十年了
竟让你的第二任丈夫如此难过
再执着下去
他会发疯的
一定会杀了你
他是个硬朗的男人
但连他的名字你都叫错

---

1 引自著名的墨西哥民歌。
2 苏珊娜是胡安·鲁尔福小说《佩德罗·巴拉莫》的主要人物之一，她是佩德罗·巴拉莫的最后一任妻子。在第一任丈夫弗洛伦西奥去世后，苏珊娜嫁给了佩德罗·巴拉莫，但佩德罗·巴拉莫从未得到过她的心。

这不行呀，苏珊娜

不行的

你不叫他佩德罗而叫他我的名字弗洛伦西奥

而且都是在最私密的时候……

2

弗洛伦西奥，我也不在世了

满嘴的泥土

但我却无法忘记你

是你肢解了我

我对佩德罗·巴拉莫没有感情

嫁给他，纯粹是因为恐惧

这你很清楚

不然他早把我们都杀了

3

苏珊娜，我的爱！

4

我重复，苏珊娜

不要再叫我巴托洛梅

我是你的父亲

巴托洛梅·圣胡安

你是我的亲女儿

他们刚刚杀了我，苏珊娜

是你丈夫下的令

他妒忌我⋯⋯

有人告诉他我们是情人

很抱歉打扰你

我只想与你告别

我的尸体被扔在半路上

在萨尤拉[1]和科马拉[2]之间

我说的话你听到了吗？

唉！

秃鹰挖走了我的眼睛

你同意就报警吧

然后给我办个正当的葬礼

1　萨尤拉（Sayula），墨西哥城镇，胡安·鲁尔福1917年5月16出生的地方。

2　科马拉（Comala），小说《佩德罗·巴拉莫》故事的主要发生地。主人公胡安·普雷西亚带着母亲的遗愿来到科马拉寻找生父佩德罗·巴拉莫。

VII 我不会

犯了赞美胡安·鲁尔福的大错
岂不是像在大雨天
给花园的植物浇水吗?

唯独想说一个真理:
神秘的完美
没有比这本书更可怕的书了

博尔赫斯说《佩德罗·巴拉莫》
是有史以来
最伟大的文学杰作之一

我认为他的观点完全正确

VIII　鲁尔福给了我们墨西哥的景象

其他人只描述了这个国家
因此我说胡安是独一无二的
这也是帕斯所指的

IX 马其顿[1]不是个纯阿根廷人

他也不是纯智利人

　　　　　也不是个纯印第安人

　　　　　　　　也不是个纯秘鲁人

是玻利维亚人，厄瓜多尔人

地道的墨西哥人

明白人这次说对了

没有 + 直接的路径

1　指阿根廷作家马其顿·费尔南德斯。

X　胡安抽烟比米斯特拉尔还厉害

这令我不敢接近他
我从小患哮喘病
因此没有机会和他说话

有一回在比尼亚德尔马
他找过我一次
夸赞我的一首诗
可我并不是那首诗的作者
当时我很尴尬
不知道该说什么
可怜的胡安也尴尬
那是第一次和最后一次
遇见他
之后我们＋也没见过面
直到今天
他在科马拉对我微笑

XI　比我们＋有资格的人

说鲁尔福来自北方

我不同意

鲁尔福来自南方

鲁尔福直接来自子宫

鲁尔福来自内心深处

来自哈利斯科

　　　　　　　梅里达

　　　　　　　　　瓜达拉哈拉

某某先生，抱歉

鲁尔福来自哪里不重要

他的去处才是关键

鲁尔福回归于每个群岛

XII 含蓄的

少言寡语的

讨厌喧哗的

腼腆的

没有狂妄念头的

像道士一样的

不愧是佩德罗·萨莫拉的同胞

我在想，究竟是作者还是作品

更令人钦佩

胡安确实难能可贵！

只有鲁尔福

配得上写

墨西哥的圣经

除了何塞·玛丽亚·阿格达斯 [1]

---

1 何塞·玛丽亚·阿格达斯（José María Arguedas，1911–1969），被视为 20 世纪秘鲁文学中最有影响力的作家之一，是土著居民与后殖民定居者之间的桥梁。作为两种文化的成员，他向土著社区表达了独特而真实的声音。他也被誉为世界上最有影响力的散文家之一。

和秘鲁的巴列霍[1]

很少有人能比得上他

1　塞萨尔·巴列霍（César Vallejo，1892-1938），秘鲁现代诗人。他是秘鲁最重要的诗人，也是拉美现代诗最伟大的先驱之一。诺贝尔奖得主聂鲁达曾说过，"我爱巴列霍，我们是兄弟"。多年之后，公众认为巴列霍是比聂鲁达更伟大的西班牙语诗人。

XIII 与其说我很兴奋，不如说

我受了巨大打击
当得知获奖消息时
              我目瞪口呆
至今无法平静

XIV　如何处理此事

我确信这是场梦

感觉自己

没有求贵人帮助

　　　　　　没有求圣人保佑

不欠任何黑手党的情

居然中了这张

我并没有购买的彩票

如此突然

应该是这样的

我们的主啊！

眼热的人见鬼去吧

为我们竖立一座纪念碑吧

你们说呢……

XV　我期待获奖吗？

并没有
获奖如同
启发堂·吉诃德幻想的农家女孩
你越惦记
她们越遥远
　　　　　越不理不睬
　　　　　　　　越神秘

只有自由的人
和评委的朋友们才配获奖

嘿，
我的狡猾让你们吃惊吗？

XVI 看

有人说
获奖者不配得此奖
作品缺乏数量和质量
比他更优秀的候选人
至少有一打
他们说得有道理（注）

我很清楚
这个奖是对智利诗歌的致敬
而并非属于我
为此，我代表所有无名诗人
非常诚恳地接受它

注：阿雷奥拉[1]，卡德纳尔[2]等

1　胡安·何塞·阿雷奥拉·祖尼加（Juan José Arreola Zúñiga，1918–2001），墨西哥作家和学者。他被认为是墨西哥二十世纪首屈一指的实验短篇小说作家。他也是最早放弃现实主义的拉丁美洲作家之一。

2　埃内斯托·卡德纳尔（Ernesto Cardenal，1925–2020），尼加拉瓜诗人和解放神学家。

XVII 提醒

假如奖励的是沉默
（此次好像是）
我是 + 合适的人选
因为我的产量最低
多年不发表任何作品

我认为自己
是个空白页的瘾君子
如同胡安·鲁尔福一样
除非至关重要
否则不必写任何什么

XVIII 我用这些钱做什么呢?

首先要照顾自己的身体
之后
我希望重建
被地震毁坏了的象牙塔

之后，我会补交一些税

然后，以防万一，我会买一把轮椅……

XIX　批判诗歌的人们

以后他们要跪下向我们道歉
因为证据阐明
散文和随笔并不是我们的对手：
文学的灰姑娘
不必羡慕继妹的命运

她身体健康
这是众人的意见
福山因其先生
　　　　贡布罗维奇先生
　　　　　　斯丹达尔先生
柏拉图等无数的人

XX 鲁尔福坚定地逆水行舟

一百乘以三，句号
不＋写一页
毕竟作家不是肉肠生产商

就我而言
写第一本书和第二本书之间隔了十七年
结果
别人说我是"闰年诗人"
耐心等待吧
每隔四年，某个是七号的礼拜天
抄袭吧
　　　　改编吧
对抗失眠漱口吧
发言吧

XXI　我要求发言

我的名字是佩德罗·巴拉莫

没有阅读过胡安·鲁尔福的作品
我是个乡下人
没有时间看书

但我听说
他把我描写得很糟糕

他有他的理由吧
天下一切是注定的
他还是个不能自拔的酒鬼
难怪：
他出生在萨尤拉
马普切语的意思是"苍蝇的家"
这不能怪他呀

胡安先生或许可以愚弄你们
但想愚弄我们可没有那么容易

我呢
是个彻头彻尾的文盲

并不想看佩雷斯[1]的作品
（这是他的真名
突然有一天他改了姓）
我只读自己写的十四行诗
你们愿意，我可以朗诵一首
写给苏珊娜·圣胡安的诗
哎，算了，不如把自己乘以零为好
从坟墓里把我揪出来真是个错！

1　墨西哥作家胡安·鲁尔福的原名是胡安·内波穆塞诺·卡洛斯·佩雷斯·鲁尔福·比斯卡伊诺（Juan Nepomuceno Carlos Pérez Rulfo Vizcaíno）。

XXII 与哈姆雷特的共同之处

两个作品中都涉及鬼和幽灵

都流了许多血

还有

都是关于反抗父母的孩子

等等等等

中心人物都是模糊的

我认为，他身上哈姆雷特的特征

胜过忒勒玛科斯[1]的

当然，不同之处也很多

比如，胡安·普雷西亚多不是一位王子

而是个粗俗野蛮的普通基督徒

他还是一个被父亲承认了的

私生子

他更像个乞丐而不像个国王

他空手

走到科马拉

带着为父亲报仇的意志

1　忒勒玛科斯，古希腊神话男性人物之一。其事迹见于《奥德赛》，父母为奥德修斯与柏涅柏。奥德修斯参加特洛伊战争后二十年未归，他在雅典娜的帮助下历尽艰辛而寻见父亲，并协助父亲将图谋不轨者予以清除。

儿子，一定为我报仇！
佩德罗·巴拉莫必须死
不是因为犯了什么禁忌
请注意
我们是经济纠纷……
这不是一件愉快的差事

XXIII 我看大家要睡着了

这就对了
我认为
演讲必须无聊
越令人昏昏欲睡 + 好
结尾才会有人鼓掌
不然有人会说演讲者太精明了

XXIV 西班牙语已故

或者说，它非常接近死亡
因此，鲁尔福用了十六世纪的语言
撰写了自己的《堂·吉诃德》

XXV　为了避开掉进诗歌的陷阱

作家会沦落于写散文随笔
这更愚蠢
唯独鲁尔福除外

千万不能说鲁尔福写的是散文

XXVI　鲁尔福从来不写诗

这是他与传统诗人
包括反诗人
的优势

他也不写
自由体
那种被一只名叫埃兹拉·庞德的猫
称为最虚伪的体裁

驴唇不对马嘴
是啊
　　　人们讲话从不使用韵文
我想说的不知是否解释清楚了
嘿，言多必失

XXVII　未来的理想国

会取消文学奖

毕竟，这不是赛马

每一个快乐的欠情背后

有多少个殚精竭虑的人被耽搁……

XXVIII 鲁尔福同意海德格尔的观点

存在与语言的结合
一种变得不透明的语言
（雅各布森）
老师们不解的谜

他也同意马查多的观点

《佩德罗·巴拉莫》是什么？
《燃烧的原野》是什么？

是几句真话！

XXIX 鲁尔福的节奏

他或许会出现在钢琴前
在我看来，他已经出现了
从教堂司事到牧师
嘲笑我们所有人呢

与鲁尔福相比
我们的作家像铅做的风筝
我们不得不向他脱帽致敬

我呢，我宣布自己
为全职的鲁尔福学家

但要小心
千万不要把鲁尔福学家与鲁尔福主义混淆
不要把鲁尔福主义与鲁尔福粉丝混淆
不要把鲁尔福粉丝与鲁尔福爱好者混淆
不要把鲁尔福爱好者与鲁尔福恋癖混淆
不要把鲁尔福恋癖与鲁尔福病患者混淆
不要把鲁尔福病患者与恐鲁尔福症混淆
是的：
恳请千万不要把恐鲁尔福症与食鲁尔福族搞混

XXX　给鲁尔福贴上标签吧

见证性的超写实主义
许多空白页
被寂静栖居的存在

上层和底层的腐败
走在风景中的
全副武装的牧师
似乎看到庞丘·维拉[1]出现了
是的女士们，先生们
一个可怜的女人
被自己的父亲枪杀
在临终请求安静：
胡斯蒂娜
　　　　到别处哭泣吧

1　庞丘·维拉（Pancho Villa，1878-1923），墨西哥 1910-1917 年革命时北方农民义军领袖。

XXXI　瓜达拉哈拉演讲

完全失声
我闻起来＋像柏树而不是桂冠

XXXII 零问题

这个奖让我达到了
愁容骑士的级别：

哇！将来我入席
都是主座！

如需要＋多信息
请查看我很快将出版的十四行诗

不知道是否讲清楚了
我想说的是智利万岁
秘鲁－玻利维亚联邦万岁

XXXIII 我支持这个好主意

里卡多·塞拉诺[1] 建议
把胡安·鲁尔福
伊比利亚美洲文学奖金额
提高三倍

条件当然是
必须有回溯效力

---

1 胡安·鲁尔福的同学。

XXXIV　获鲁尔福奖之后，您期待诺贝尔奖吗？

一只海燕在耳边问我
仿佛我是苏珊娜·圣胡安
而她是雷德里亚神父[1]

我用一个问题回答了她：

如果他们没有把它给鲁尔福
为什么要给我？

1　雷德里亚神父是胡安·鲁尔福小说《佩德罗·巴拉莫》的人物
之一。

XXXV　这个似乎＋来＋长的故事

的寓意是：
很简单，女士们先生们
必须重读鲁尔福
之前我并不了解
他，我迷恋他
　　　　　　而已
也没有深入阅读过他的作品
现在我搞清楚了
在此我感谢赏给我的这些毒品美元
来得及时
但我真正的奖品是《佩德罗·巴拉莫》
不知道还能说些什么
我七十七周岁
终于看到了光
何止是光，我看到了黑暗

XXXVI 我同意

Alle Kultur nach Auschwitz ist Mühll
我来翻译：
所有后奥斯维辛文化
都是……

        垃圾
或者说，几乎全是，阿多诺[1]先生

1　西奥多·阿多诺（Theodor Wiesengrund Adorno，1903–1969），
德国哲学家、社会学家、音乐理论家，法兰克福学派第一代的主要代
表人物。

XXXVII 刻在青铜上的短语

1

未来
是个定时炸弹

2

消费主义
是一条吞没自己
　　　　　　尾巴的蛇

3

关于人权的说法很多
但
　几乎无人谈及人类的责任
尊重人权是
人类的首要责任

4

为什么要回归民主
是为了旧戏重演吗?
绝对不是:
是为了拯救地球
没有民主什么也救不了

5

第三次,也是最后一次号召:
全世界的个人主义者联合起来
趁早吧

XXXVIII 根据阿方索·雷耶斯[1]的说法

男人和女人之间的区别
在于错别字
据阿方索所言
女人的错别字较多
对于这一点，德里达[2]会怎么说?
毫无疑问:
差异万岁
但对他来说差异又是什么呢?
是痕迹!
痕迹又是什么呢?
德里达所指的痕迹并不是:
什么也不是
他不能被这种形而上学
的问题"这是什么"所归类

痕迹
简单而彻底

---

1 阿方索·雷耶斯（Alfonso Reyes Ochoa, 1889-1959），墨西哥作家、哲学家和外交家。

2 雅克·德里达（Jacques Derrida, 1930-2004），法国哲学家，20世纪下半叶最重要的法国思想家之一，西方解构主义的代表人物。

痕迹就是痕迹
痕迹既不易察觉也并非不易察觉
痕迹是时空的生成
是生成于时间的空间

明白了吗?

XXXIX 都给我保持沉默

两千多年的谎言，够了！

XL 女人

在如此关键的时刻
有一点
我们无法疏忽
为此我引用一位年轻男子
在 19 世纪
清醒的话
引号:
当奴役女性的锁链被打破
当她可以为自己和自己而活
当男人
　　　　至今可恶的人
释放了她
女人也会接触未知

她们的思想世界会与我们的不同吗?
她也会察觉一些奇怪的
深不可测的
　　　　　可怕的
　　　　　　　　美妙的
我们将会珍惜的
我们将会理解的事宜

(兰波,《通灵者书信》)

XLI 出色

太阳回头望了一下
真相如此
2+2 等于 4
是个经过验证的事实
大概是这样吧
Sumsum corda[1]
现在真的走题了

维奥莱塔·帕拉会说
为时未晚

萨尤拉终于下雨了，校长先生

我们即将幸福
我们即将唱那首
热带节奏的歌曲

---

1 拉丁语，鼓起勇气来，别气馁。

XLII　总结

总之
　　简单地说
　　　　　　我把票投给鲁尔福
我坚决地拥护鲁尔福

怎么，怎么，为什么？
因为他践行了
来自瓜达拉哈拉的同胞
冈萨雷斯·马丁内斯[1]的教导
那些是什么教导？

第一点：
　　扭断那长着骗人羽毛的天鹅的脖子
　　它只是湛蓝流水中的一块白
　　只会炫耀自己的优雅，但从不能

1　恩里克·冈萨雷斯·马丁内斯（Enrique González Martínez，1871-1952），墨西哥诗人，出生于瓜达拉哈拉城。冈萨雷斯·马丁内斯写有一首名为《扭断那天鹅的脖颈》的诗，这首诗歌发表于1911年，当时的拉美现代主义诗歌已经开始走下坡路，"天鹅"象征着高雅，被大写特写，是逃避眼前的现实的象征，而一部分作者主张诗歌应当真实地表现生活，因此冈萨雷斯·马丁内斯用这首著名的十四行诗《扭断那天鹅的脖颈》来表达与现代主义诗歌决裂的决心。

感受事物的灵魂和大自然的风情

第二点：

　　撇开一切不符合生活

　　内在节奏的形式

　　和话语……热爱生活

　　让生活懂得你的颂歌

最后一点：

　　请看聪颖的猫头鹰是如何展翅

　　离开奥林匹斯山，离开帕拉斯[1]的怀抱

　　停止平静地飞行，休憩在那株树上……

　　它没有天鹅的优雅，但它那

　　警觉的眸子注视着阴暗之处

　　默读着寂静夜晚的神秘之书

1　帕拉斯是罗马神话中的智慧女神。

XLIII　再重复一遍，我支持鲁尔福

其他人似乎也很棒
但他们不会使我痴迷

当其他同伴
忙着囚禁自由主义的鸟儿时
他在徘徊
复活死者和生者
而我呢，喜欢捣乱搞怪

如果我是《河的第三条岸》[1] 的作者
我将斗胆称自己为
他的孪生兄弟

1　《河的第三条岸》是巴西作家若昂·吉马朗埃斯·罗萨的小说。
罗萨 1908 年 6 月 27 日生于米纳斯吉拉斯州的科迪斯堡一富有庄园主
家庭，毕业后任军医、外交官。第二次世界大战中一度被德国当局囚
禁，后被交换回国。

XLIV　抱歉，帕拉先生

您这么崇拜鲁尔福
为什么不自己写小说呢？

顾名思义
小说表达不出现实
除非是鲁尔福写的

您对地球生态崩溃
有何意见？

有什么大惊小怪的
大家知道世界早已完蛋了

怪谁呢？

怪林伽姆[1]和约尼[2]

1　印度教中林伽姆（又译为林伽）是神圣生成能量的象征，尤其指湿婆神的阳具。

2　印度教中约尼（又译为瑜尼）是产门、子宫。是相对于林伽姆的一个印度教崇拜符号，代表湿婆的妻子雪山神女。约尼的形状象征女子的阴部，与象征男子阳具的林伽姆呼应。

怪人口爆炸

可怜的我们……
错误地认为
这片土地属于我们
其实
　　　我们才
　　　　　　　属于
　　　　　　　　　这片
　　　　　　　　　　　土地
不晓得
尊敬的公众，您说了算

XLV　最后的警告

请立刻写一篇

活命的通谕，狗日的！

不然我来写

你们的主

多明戈·萨拉特·维加[1]

埃尔基基督

又名北方环保狂人

大声抽泣

Hurry up!

永恒是短暂的

地球无法忍受 + 多的虐待

1　多明戈·萨拉特·维加（Domingo Zárate Vega），埃尔基基督的本名。

XLVI　我以开头应该说的来收场

我既不是社会主义者也不是资本主义者

正好相反：

        我是个环保主义者

戴米尔的定义是：

所谓环保主义是个

基于人类与其

环境和谐的

社会经济运动

是一场

争取具有生命力的

有创造力的

        平等的

          多元的

生活的斗争

根除剥削

促进人与人之间的

沟通与协作

紧接着我再谈谈十二点

XLVII　感谢评审团成员们

授予我这个我不配得的奖

何塞·路易斯·马丁内斯和拉蒙·希劳（墨西哥）
克劳德·菲尔（法国）
贝拉·约瑟夫（巴西）
胡里奥·奥尔特加（秘鲁）
安琪·弗洛雷斯（波多黎各）
约翰·布什伍德（美国）
卡洛斯·布索诺（西班牙）
费尔南多·阿莱格里亚（智利）

XLVIII ＋真诚的感谢

哈利斯科州政府

瓜达拉哈拉市政府

经济文化基金

墨西哥石油，墨西哥纸张企业，墨西哥国家银行，

墨西哥商务银行

另外，非常非常感谢

国家公共援助彩票

如果不是彩票

我今天也不会这么幸运

莱昂纳多的理论得到了验证：

百分之一的灵感

百分之二的汗水

剩下的是运气

XLIX 这个奖应当献给谁

我不假思索地回答

校长先生：应当献给上帝

无论上帝存在与否

非常感谢

这是莫大的荣幸

我紧紧地拥抱

并以鹰赋予蛇的

无限敬意

告别大家

大师！来，音乐开始吧！

另外，我宣布 20 世纪结束了！

Goodbye to all that

女士们先生们，后会有期

In nomme Patris

                    et Filii

                            et Spiritus Sancti[1]

我宣告 21 世纪开始了

结束希腊和拉丁式的附庸风雅

---

1 拉丁文，意思是"以圣父圣子圣灵之名"。

放开手去恐吓吧
停止善意的谎言吧
真诚地面对读者
让他们惊慌失措
不要继续搞各种诡计
承认我们
穷困的收成
否则它只是文学
非常糟糕的现代主义文学

校长先生，把骨头扔给另一只狗啃吧

我厌烦文学
比反文学＋使我厌烦

如果我二十岁，我会去非洲
当致幻剂的毒贩

瓜达拉哈拉
1991 年 11 月 23 日

L 紧急——最后一刻

昨天我在那不勒斯咖啡馆

遇到了一个爱看书

有能力让死人说话的男孩

他喜欢把"蟾蜍"写成"蝉蜍"

他的笔名是胡安·鲁尔福

真名是胡安·佩雷斯

特洛伊卡

如今鲁尔福是个

家喻户晓的名字

与塞万提斯相提并论

我建议今后

"蟾蜍"正式改为"蝉蜍"

向这位墨西哥马仔致敬：

麦麦培尼！

单只袜子

埃尔基基督对付无耻的老板

无忧无虑的老板
指望大家免费为他们工作
从不设身处地为工人着想

嘿，伙计，给我砍柴
赶紧杀死那些
昨晚让我没法睡觉的老鼠
从岩石里找出水来
快去给我到海底捞珍珠呀
夫人参加晚宴
需要的！

有的老板＋混
嘿，臭小子，给我熨衬衫
你这个无赖，从森林搬棵树来吧
跪下，穷鬼！
　　　　　去检查保险丝！
我触电了怎么办？
我被石头砸了怎么办？
我在森林里遇到狮子怎么办？
嘿！
有什么大不了的

废话少说

最紧迫的任务是
让这位先生安静地看报纸
随心所欲地打哈欠
放松地听古典音乐
谁在乎工人遍体鳞伤
谁在乎他在焊接钢梁时
累倒
有什么大不了的
这些杂种天生就傻
去他们狗日的!
结果灾难来了:
哎呀! 好难为情
向您道歉, 女士
而后他们会打发了
这位陷入了贫困的
带着七只小崽子的寡妇

自传

我出生于 1905 年 3 月 12 日
或许是
1899 年 2 月 17 日
尚需查明
在意大利学过色情学
获得了维修工硕士学位
或许是天主教神父学位
不清楚
尚需查明
目前我焦虑
因为我无法避免死亡
待续

我使诗歌民主化

没有我她必死无疑
我说"我"
签名是:"我"博士
切记,这些不是笑话
那段恋情该结束了
有必要与比喻划清界限
如今大家都写自由体
我说"我"
署名"我"博士

留着你的博尔赫斯吧

他给予你的
是你出生前
黄昏中一朵黄色花朵的记忆
有趣，真有趣
我恰好相反，不能向你承诺任何什么
无论是金钱，性，或者诗歌
我顶多可以给你一杯酸奶

墓志铭

我是露西拉·阿尔卡亚加
别名加夫列拉·米斯特拉尔
我先得了诺贝尔奖
之后得了国家奖

死后
依然惋惜
没得过
市政府奖

我急需的是

一个玛丽亚·儿玉[1]
掌管图书馆

急需一个愿意和我合影
并使我留名青史的人

一位是女人的女人
每个伟大创造者的金色梦想

我急需一位迷人的
不嫌弃皱纹的
金发女郎
尽可能要一手货
我需要零公里的女人

或者，一个火辣的黑白混血儿
不知道是否讲清楚了：
向 69 老兵致敬！

1　玛丽亚·儿玉（María Kodama，1937–），博尔赫斯的第二任妻子。
她曾是博尔赫斯的助理，陪伴这位双目失明的大师在世界各地。

有着未来的年轻寡妇做伴

时光不会流逝

一切问题都抛之脑后！

棺材看起来会很美

连被那些斯德哥尔摩的学者

引发的胃痛

也会奇迹般地

烟消云散

教皇的微笑让人担忧

在如此腐烂的世界
无人有微笑的权利
除非与魔鬼有契约
教皇应当在电视摄像机前
抱头大哭
拽下仅剩的几根头发
而不是摇头微笑
仿佛智利什么都没发生过
可疑呀,女士们先生们!
教皇应当谴责独裁者
而不是视而不见
教皇应当问询
失踪羔羊的下落
教皇应当努力思考
主教们正是为此
把他奉为犹太人之王的
而不是为了让他与狼共舞
如果他愿意,可以嘲笑圣母
但绝不能嘲笑我们

钦巴龙戈[1] 猫

大米布丁他不吃
他只吃火腿或其他美味佳肴
吃什么由他点
　　　　　　是的，先生
最过分的是：
他对老鼠毫无兴趣
他宁死
也不愿意回到大自然
喵
　喵
　　喵喵喵
相信没有比他更堕落的猫
也相信
　　　没有比他更会撒娇的老虎

1　钦巴龙戈（Chimbarongo），智利城市。

536

复活

纽约的街头公园
一只鸽子掉落在我跟前
挣扎了几秒
然后死在地上
不久
她奇迹般地
复活
不等我反应过来
展翅飞走了
就如这一切从未发生过

远处钟声响起

我望着她
弯曲地飞行
掠过大理石雕像
&我的肠子发出了几声巨响
&我赶快张口吐出这首诗来

圣家堂

我的名字是何塞·埃拉·玛丽亚
&我那人人敬仰的儿子名字是耶稣

传言说我不是他的亲生父亲
无关紧要

圣家堂的存在
才是关键

我作为他的精神父亲
还能说什么呢：
小牛仔喊我爸爸我就满足了
加油吧！
祝大家复活节快乐
&非常感谢您的关注

给校长的信
斯巴达对雅典

在 INBA[1] 运动员最受宠
理由很简单
身体健康头脑才健康
大家对雅典人不以为然

像我们这些呆子
所谓的哲学家
&诗人们
被视为同性恋者：

反诗歌！校长先生
牧羊人晚安

---

1 智利国立寄宿学校。

罗西达·阿薇达诺 [1]

我上过小学五年级
　一年级没及格
　　　二年级没及格
　　　　　三年级没及格
　　　　　　　四年级，五年级也没及格
我觉得老师讲得枯燥无味
所以我央求妈妈退学

浪费了十年
我不擅长读书

然后他们想送我去
一所智障儿童学校
但我不同意
我没有智障
我口吃
但我不是生病的女孩

1　罗西达·阿薇达诺(Rosita Avendaño)，常年守候在帕拉身边的保姆。

TOLE TOLE[1]

为了报复
我和她妹妹发生性关系
她勾搭了我的几个朋友

立即把流氓送到伦敦塔!

1　智利俚语，骚动的意思。

我做过各种各样的工作

尸体都做过
有一次有人吩咐我躺在地上
我听话地服从了
他们用报纸盖住我身体
拍摄某一个电影
场景

另一次
在圣安东的妓院
他们命令我吸一位老妇人的乳头
否则他们会杀了我

嘿，荒谬吧

请不要胡说八道

智利从来就没有过民主
将来也不会有：

所有这些都是独裁政权，可爱的朋友
我们唯一能做的
就是
在他们的独裁和我们的独裁之间
做出选择

列宁说过
宁愿做个有尊严的穷人
也不要做个混蛋

百发百中的鸽子

连总统雕塑
都免不了被鸽子击中
这是克拉拉·桑多瓦尔的说法

鸽子很清楚它们为什么要这样做

圣家堂的说唱（RAP）

圣何塞看着圣母
圣母看着圣何塞
孩子看着两人
三个人都笑了

在一个自命不凡的
受诅咒的村子
一位老人爱上了
一位未成年少女

他按时
在校门口守候着她
从镜子中观赏她
拿金钱诱惑她
诡异地
搂着她的腰
求着她说　好姑娘
可怜可怜我吧
执着地以至于
女生最终
失去了贞操

有人说，这太恐怖!
还有人说，太野蛮了!
现在
该官方说话了
最少判他五年!
基督教界
不干了

老人称
这一切都没有发生
　　　　全是谎言:
这是一场天真的
柏拉图式的恋情
希望当局尊重我的自由
最终卑鄙者获胜
老头子毕竟是个有钱人

在这位处女身上
出乎意料的事又发生了
一个天使
不带半点恶意的
　　　　　　　小天使
彩虹宣布
暴风雨的终结
基督教界说

孩子长得像其父亲何塞

纯粹的幸福
使老人精神焕发
总之
他把美女娶回了家

受苦者的耶稣
完成你的意志吧

帕拉与"反诗歌"[1]

文 / 龚若晴

　　马里奥·贝内德蒂[2]在1967年出版的文学评论集《混血大陆的文学》（*Letras del continente mestizo*）中曾如此预言："如果不辜负自己的天赋，那些赞美甚至奉承其时代与环境的诗人往往容易一举成名，但也很快就会被埋入历史遗忘的尘埃。相反，那些讽刺他所处的地区与时代的诗人，即便同样天赋异禀，也往往需要艰难地攀登斜坡，他们有时会摔倒或泄气，但少数走到顶峰的，便是后世的波德莱尔、庞德、巴列霍，而且再也没人有资格遗忘他们。他们有幸成为先知，看似尖酸刻薄，其实心中充满着磅礴的精神力量。我知道这样一位讽刺者，一位智利诗人，他几年前就爬上了那座斜坡。我说的就是尼卡诺尔·帕拉。现在为时过早，我们还不知道后世会如何评价他。但就我个人而言，我有信心他迟早会登上救世主的山

1　本文节选自龚若晴的论文《诗歌何谓与诗人何为——尼卡诺尔·帕拉反诗歌的缘起与特质》，该论文写作于2018年。龚若晴，本科毕业于北京大学西班牙语专业，北京大学外国语学院世界文学研究所硕士。目前在西班牙格拉纳达大学攻读博士学位。

2　马里奥·贝内德蒂（Mario Benedetti, 1920–2009），乌拉圭著名诗人、小说家、散文家和文学批评家，乌拉圭"四十年一代"的重要作家。

巅。"[1、2] 贝内德蒂的论著出版之时，帕拉提出"反诗歌"（antipoesía）已有十三年，也已经出版了四部作品集。但是显然，当时帕拉的诗歌理念仍然受到质疑，诗人自己的"反诗歌"创作也尚处于发展和探索时期。

在任何时候，作者想要在文学之林确立自己的地位都并不容易，在 20 世纪的拉美大陆则更是如此：使拉美诗歌在欧洲一鸣惊人的鲁文·达里奥，被称为"创造主义先驱"的先锋派诗人比森特·维多夫罗，还有诺奖得主加夫列拉·米斯特拉尔、米盖尔·安赫尔·阿斯图里亚斯、巴勃罗·聂鲁达与加夫列尔·加西亚·马尔克斯……一位又一位名家的出现让"影响的焦虑"[3] 持续笼罩在美洲大陆上。

文学大家的频出一方面能带动阅读与写作的繁荣，但另一方面，年轻的创作者不得不置身于巨人的阴影下。当一种风格或手法已被巨匠发展到高峰时，跳出窠臼、独树一帜几乎是摆脱这种阴影的唯一方法。从智利诗歌的"明晰派诗人"（poetas de la claridad）到 20

1　Mario Benedetti. *Letras del continente mestizo*. Montevideo: Arca Editorial, 1967, p.104.

2　除有特殊注明外，本文所引西班牙语及英语文献均为龚若晴的自译，所引用的帕拉诗歌均采用了莫沫翻译、里所校译的版本。

3　出自哈罗德·布鲁姆的著作《影响的焦虑》。《影响的焦虑》从精神分析学的角度研究诗人对诗人的影响。哈罗德·布鲁姆认为经典树立起了一个不可企及的高度，诗的历史形成乃是一代代诗人误读各自前驱的结果。

世纪 90 年代的"麦孔多"（McOndo）[1]，这种反抗确实在发生，也很容易在短时间内收获一定的关注度。以"反诗歌"闻名的尼卡诺尔·帕拉也是反叛者中的一员。这种文学发展的革新需求可能会让人觉得帕拉所取得的成就完全归功于"反诗歌"的一个"反"字，但其实深入研究就会发现，"反诗歌"的重点并不在于"反"，而在于"诗歌"本身。

尼卡诺尔·帕拉·桑多瓦尔 1914 年 9 月 5 日出生于智利比奥比奥省八区奇廉市圣法维安·德·阿利科镇。其父尼卡诺尔·帕拉·阿拉尔孔是小学音乐教师，其母罗莎·克拉拉·桑多瓦尔·纳瓦雷特是农民出身的编织工和裁缝，爱好艺术与民间音乐。1927 年帕拉进入奇廉中学，阅读了马努埃尔·马加利亚内斯·莫雷等智利诗人的作品并开始尝试诗歌创作。1935 年在智利大学学习期间，帕拉在《新杂志》（*Revista Nueva*）上发表了第一篇"反小说"（anticuento）《街上的猫》（*Gato en el camino*）。1937 年毕业后，帕拉回到母校奇廉中学教授数学和物理，并于 1938 年发表了第一部作品《无名歌集》（*Cancionero sin nombre*），集子收录了 29 首运用谣曲格律与叙事形式的抒情诗。同年

1　"麦孔多"是 20 世纪 90 年代出现的拉丁美洲文学运动，是对自 1960 年以来主导拉美的魔幻现实主义文学的反叛。它的特点是描述现实场景，不夸大或强调所谓的拉美异国情调，更喜欢以流行文化和 20 世纪末拉丁美洲日常生活的城市环境作为创作背景。

帕拉凭此获得圣地亚哥市政府奖（Premio Municipal de Santiago），受到米斯特拉尔的称赞。

20 世纪 40 年代，帕拉曾获得两次出国留学的机会，分别是 1943 年至 1946 年赴美国学习机械学，1949 年赴英国牛津大学学习宇宙论。在美国和英国留学期间，帕拉接触了惠特曼、卡夫卡、庞德、艾略特等作家的作品，受其影响开始探索一种新的诗歌风格。这种探索的结果便是于 1954 年出版的第二本诗集《诗歌与反诗歌》（*Poemas y antipoemas*），从此"反诗人"的标签开始频繁出现在对帕拉的介绍和评论中。

直到 2018 年年初逝世，帕拉一直堪称"拉美诗歌的活化石"。他在漫长的人生中不断创作，在呼出"反诗歌"的口号后继续探索和完善这一"反叛"成果，陆续出版了二十多部诗集。

一 从"诗歌"到"反诗歌"

1.1 文学之责：20 世纪拉丁美洲诗歌的新走向

在 20 世纪下半叶小说的繁荣之前，诗歌在很长一段时间内占据着拉丁美洲文学最重要的地位。19 世纪末，鲁文·达里奥的诗文集《蓝》（*Azul...*）标志了现代主义文学的成熟，从此拉美诗歌摆脱了亦步亦趋追随曾经"宗主国"文学的状况，开始作为影响的源头进入世界的视野。[1]不过，西班牙语里的这一"现代主义"（modernismo）所指代的文学运动与英美等国家的"现代主义"概念略有偏差，通常被认为"是法国象征主义的一个变种"[2]。

西班牙语美洲的现代主义运动吸收了外国文学的精髓，但又不囿于单纯的模仿，开始开辟自己的文学模式："他们不但学习和模仿同时代的西班牙作家，而且也从中世纪和黄金世纪的宗主国文学中吸收营养。尽管有上述形形色色的因素，现代主义诗歌是一种全新的文学流派。无论题材、感情、词汇、形式都是新的。"[3]

进入 20 世纪，墨西哥革命、两次世界大战、西班牙内战等重大历史事件对人类精神与世界文学的面貌都产生了巨大的影响。

一方面，"战争与革命引起人们对世界的怀疑、对人生的探索、对前途的迷茫和对社会的抨击"[4]。欧洲立

1　Leslie Bethell. *The Cambridge History of Latin America vol.10.* New York: Cambridge University Press, 2008, pp. 223−224.

2　马泰·卡林内斯库：《现代性的五副面孔》，顾爱彬、李瑞华译，南京：译林出版社 2015 年版，第 73 页。

3　赵德明、赵振江、孙成敖：《拉丁美洲文学史》，北京：北京大学出版社 1989 版，第 227 页。

4　赵德明、赵振江、孙成敖：《拉丁美洲文学史》，北京：北京大学出版社 1989 版，第 421 页。

体主义、未来主义、达达主义、超现实主义等反对推崇人类理性的流派纷纷出现。"在这样的影响下，拉丁美洲也出现了先锋派诗歌。拉美的先锋派诗歌不再关注陈旧的话题或事物有逻辑的发展，不关注传统的诗歌形式（分节、格律、押韵）或语言（语法、大小写、标点），甚至违反词法和最基本的语言规则（新词、拟声词等）。但在主题与写作动机方面，现代生活已经出现在诗歌之中：城市、飞机、火车、工场、工人及其需求、电影放映机等。"[1] 这一时期，比森特·维多夫罗成为继鲁文·达里奥之后对欧洲诗歌产生巨大影响的诗人，给拉美乃至欧洲年轻诗人的写作都带去了新的方向。

另一方面，战争和革命也让拉美诗人跨过国界、抛下差异，塞萨尔·巴列霍、巴勃罗·聂鲁达、尼古拉斯·纪廉、奥克塔维奥·帕斯等作家都参与进一种共同的历史书写。可以说，这次诗歌与历史的相遇是多方面因素共同影响的结果，这样大规模的碰撞和交流是无法复制的，至少此等程度的规模与激情都很难再出现了。诗人在人类战乱中亲眼见证或间接感受到社会的激荡，义无反顾地投身于对现实的记录和书写中。这种创作又可以分为两种倾向：一种以帕斯为代表，仍然带有先锋派色彩，靠自身的结构、意象的组

1　José Olivio Jiménez. *Antología de la poesía hispanoamericana contemporánea.* Madrid: Alianza Editorial, 2005, p. 15.

合和不寻常的表达方式表现对社会历史的记录和思考；另一种则是巴列霍和聂鲁达的道路，用贴近日常的语言描述和反思现实。

以上不同的面向交织成 20 世纪上半叶拉丁美洲诗歌的发展脉络。20 世纪 30 年代以后，即帕拉开始诗歌创作的时期，"可能是对于拉丁美洲诗歌发展而言最重要的时期。在这段时间里，诗歌达到了它揭露与表达的最高水平"[1]。这一时期出版的众多诗集——1931 年维多夫罗的《阿尔塔索尔》（*Altazor*）、1935 年聂鲁达的《大地上的居所》（*Residencia en la tierra*）、1938 年米斯特拉尔的《塔拉》（*Tala*）、1939 年巴列霍的《人类的诗篇》（*Poemas humanos*），对于拉丁美洲诗歌而言都意义重大。它们既暗示了拉美诗歌发展的可能性与方向，也构成了后来者必须以自己的方式突破的藩篱。

1.2 焦虑之下：聂鲁达与智利诗歌的独特脉络

马里奥·贝内德蒂在描述聂鲁达对于智利诗歌的影响时曾说，"我一次在康斯普西翁[2]听聂鲁达讲他的诗歌——在露天环境下，以布道的语气，面对一批诚

---

1 Leslie Bethell. *A Cultural History of Latin America*. New York: Cambridge University Press, 1998, p. 247.

2 康塞普西翁（Concepción），智利第二大城市，比奥比奥大区的首府，大康赛普西翁地区的中心。

恳而入迷的军人。我似乎感受到：对所有智利人来说，聂鲁达是唯一的诗人。对年轻作家们而言也是如此，但他们会（可以说近乎绝望地）抵抗他雷鸣般的压倒性影响"[1]。

聂鲁达早期凭借《二十首情诗和一支绝望的歌》（*20 poemas de amor y una canción desesperada*）引起智利文学界的瞩目，在赞誉声中走入拉美文学读者的视野。随后他的诗歌风格在《大地上的居所》中进行了一次改变，有了更超现实主义的"奇怪的遣词造句，灰色的比喻联想"[2]。"聂鲁达1939年出版的《大地上的居所》第三集拒绝了前两集中的先锋派语言和形式。在长诗《西班牙在我心中》（*España en el corazón*）里，他开始了自己的一种新的书写。这明确宣告了他的诗歌转向政治诗——对历史的责任高于诗人自己的内心幻想。诗人要做历史的见证者，要为普罗大众发声。"[3] 聂鲁达以"无穷的远方，无数的人们，都和我有关"[4]的热烈担当投入政治抗争，将对国家命运的关注、对人

1　Mario Benedetti. *Letras del continente mestizo*. Montevideo: Arca Editorial, 1967, p. 106.

2　赵德明、赵振江、孙成敖：《拉丁美洲文学史》，北京：北京大学出版社1989年版，第486页。

3　William Rowe. *Poets of Contemporary Latin America: History and the Inner Life*. New York: Oxford University Press, 2000, p. 2.

4　鲁迅：《鲁迅全集》，北京：人民文学出版社2005年版，第VI-624页。

类社会前途的关切都倾注在高昂激愤的诗歌作品中。

虽说聂鲁达的诗歌创作经历了风格的转变与尝试，但无疑是把抒情诗发挥到了一个极致。帕拉在访谈中也提到，在智利，聂鲁达之于诗歌就如同欧姆或牛顿之于物理学。当时人们评价每个年轻诗人的标准就是"看他和聂鲁达有多像"。[1] 在这座诗歌高峰的影响下，"聂鲁达后如何写诗"在智利甚至拉美成为像"巴尔扎克后如何写小说"一样艰难而关键的问题。年轻的诗人们需要发出自己独特的声音，才能不被他的光辉完全覆盖。

帕拉正是在这一时期开始了自己的创作。在当时智利新生诗人群体的创作中，诗歌主要有两种风格上的走向：一是以布劳里奥·阿雷纳斯为代表的超现实主义诗派，二是诗风更朴素的豪尔赫·米亚斯、奥斯卡·卡斯特罗和路易斯·奥亚尔孙等诗人。1930 年后，随着西班牙诗人加西亚·洛尔迦在拉丁美洲诗歌中的影响，智利产生了"明晰诗派"，帕拉与米亚斯、卡斯特罗和奥亚尔孙等诗人都参与其中，后来被并称为"三八年一代（la generación del 38）"。[2]

同为"明晰派诗人"的托马斯·拉戈在几年后出

1　Juan Andrés Piña. *Conversaciones con la poesía chilena.* Santiago: Pehuén Editores, 1990. p. 25.

2　Ricardo Yamal. La Antipoesía de Nicanor Parra y su deuda con el Surrealismo. *Chasqui,* 1987, 16 (1), p. 25.

版的诗集《三个智利诗人》（*Tres poetas chilenos*）中曾说，当时对新诗人影响较大的两部作品是安吉塔和泰特尔鲍姆所编的《智利新诗选集》（*Antología de poesía chilena nueva*）与聂鲁达的《大地上的居所》。[1]帕拉在接受访谈时也谈到了前者，认为"在这本书里能找到与传统现代主义决裂的产物，这是一本先锋派的书，某种程度而言它是超现实主义的，它否定了现代主义"[2]。这些诗歌为新的写作者提供了学习的范本，但他们也发现"这种诗歌在交流上存在困难，由于太过先锋而与大众产生隔阂"，并对"语言的完整性"产生威胁。[3]于是包括帕拉在内的新一代诗人认为应该反对这种昏暗、孤立、破碎的超现实主义。他们提出要"发挥诗歌的社会效用"，在大众能理解的范围内进行诗歌创作，"使交流在整个社会成为可能"。[4]

"明晰派"强调"自然"和"能被大众理解"，诗人以更浅显的语言、更率真的姿态出现在诗歌之中。几十年后帕拉回头评价他们当时的主张，认为"我们

---

1 Tomás Lago. *Tres poetas chilenos*. Santiago de Chile: Cruz del Sur, 1942, p. 17.

2 Juan Andrés Piña. *Conversaciones con la poesía chilena*. Santiago de Chile: Pehuén Editores, 1990, p. 20.

3 Tomás Lago. *Tres poetas chilenos*. Santiago de Chile: Cruz del Sur, 1942, p. 17.

4 Federico Schopf. *Del vanguardismo a la antipoesía: ensayos sobre la poesía en Chile*. Santiago de Chile: LOM, 2000, p. 119.

没有给智利诗歌带来什么新的东西。我们是往后退了一步，更接近克鲁查加，不如真正有意义的创新者那么勇敢"。但也明确表示了其中包含的希望所在，"从根本上说，我认为我们是正确的，至少宣扬表达方式的清晰和自然"[1]。

从"明晰派"到"反诗歌"，帕拉的这种努力一直可见。甚至可以说，"反诗歌"也恰恰从这种语言的尝试中诞生。

1.3 新风之生：帕拉与"反诗歌"

在更深入地进行"反诗歌"内容与特点的讨论之前，首先需要明确的是"反诗歌"一词本身的含义与所指。这不但关乎我们能在多大程度上使用这一概念分析帕拉的诗歌，也关乎帕拉提出这一概念时想表达的诗歌理想与精神内核。

1.3.1 "反诗歌"的萌芽

虽然"反诗歌"的标签已经与帕拉紧紧地联合在了一起，但"反诗歌"一词并不是由帕拉第一个提出的。早在1927年，秘鲁诗人恩里克·布斯塔门特·伊·巴里维安就已经出版了名叫《反诗歌》

1　Nicanor Parra. Poetas de la claridad. *Atenea,* 2009, II Sem (500), p. 182.

（*Antipoemas*）[1] 的作品集，在智利诗人维多夫罗 1931 年出版的《阿尔塔索尔》中也已然可见"反诗人"（antipoeta）一词。[2] 对原有诗歌的反叛，对抒情诗歌范式的革新并不是帕拉灵光一闪的创造。实际上，并不是诗人选择了诗歌、选择了诗歌的时代，而是诗歌与时代选择了诗人。

帕拉首次明确提出"反诗歌"一词是在 1954 年的《诗歌与反诗歌》中，但早在 1948 年的《十三位智利诗人》（*13 poetas chilenos*）里，他就提到自己在探索"基于现实而非语言组合或文学意象的诗歌"。他希望找到一种冷静观看现代生活的方式，对此他自己评价道："从这个意义上来说，我更接近一位科学家。我反对传统诗歌做作的语言形式。"而这一切都是因为他想用一种冷酷的、能够科学地看待现代人类的诗歌来"捕捉现代生活"。[3]

在这一探索过程中，他首先接触了惠特曼的作品，并由衷赞叹其不拘一格的自由诗写作。惠特曼更日常的语言、对工人等劳动人民的关注正是帕拉等"明晰派"诗人所追求的贴近大众的书写。但帕拉仍然觉得

1　Enrique Bustamante y Ballivián. *Antipoemas*. Buenos Aires: Editorial El Inca, 1927.

2　Vicente Huidobro. *Altazor*. Madrid: Compañía Iberoamericana de Publicaciones, 1931, p. 72.

3　Hugo Zambelli. *13 poetas chilenos*. Valparaíso: Imprenta Roma, 1948, p. 79.

他表达社会关切时自信而慷慨的高歌者形象太过"庄重"且"以自我为中心",而对帕拉来说,"英雄角色没有任何意义"。直到后来接触了卡夫卡等欧洲现代主义和先锋派作家的作品,帕拉才意识到"有另一种可能性:形而上的幽默"。在这样的影响下帕拉创作了《毒蛇》(*La víbora*)、《陷阱》(*La trampa*)等作品,之后收入了《诗歌与反诗歌》的第三部分。[1]

1.3.2 "反诗歌"的含义

要对帕拉的"反诗歌"进行定义,则首先要看它所"反"的"诗歌"是什么,因为一个新生的概念在不同语境下的理解极有可能相去甚远,同时也可能成为像泛化的"魔幻现实主义"一样被无限扩大、包纳一切而失去意义的能指。

《剑桥拉丁美洲史》中提出,对于整个拉美而言,"反诗歌"是"对胡安·拉蒙·希梅内斯的'纯诗'那种自我限制的唯美主义的反应";而对于帕拉而言,"反诗歌首先是反抒情诗的,因为抒情诗并没有在它的'甜美音乐'中捕捉到时代的异化和痛苦……"。[2]《拉

---

1 Juan Andrés Piña. *Conversaciones con la poesía chilena*. Santiago de Chile: Pehuén Editores, 1990. p. 22.

2 Leslie Bethell. *The Cambridge History of Latin America vol.10*. New York: Cambridge University Press, 2008, p. 277.

丁美洲文学史》的编者恩里克·因贝尔特认为"反诗歌""是采用叙述性材料的传统诗歌，是喝了几杯超现实主义的酒之后脑袋朝地摔"[1] 看到的世界。

在中文译介中对帕拉的"反诗歌"也已经有了相对完善的定义：朱景冬在《尼卡诺尔·帕拉的"反诗歌"》中认为，"反诗歌"就是"讽刺和嘲弄地展示一个有问题的世界，采用反诗歌修辞的、对话的语言"[2]。许彤在《"反诗人"VS."反诗歌"》中总结："'反诗歌'核心理念就是从形式到内容反对传统诗歌"，是"新诗歌语言的建构"。[3]

用帕拉自己的话说："反诗歌，总而言之，就是被超现实主义——土生白人[4]的超现实主义，或者随你们怎么叫——的活力充实了的传统诗歌，我们还是应该从社会学和我们所处的国家与大陆的现实角度处理它，这样它才能成为真正的诗歌理想。还需要说明的是，在反诗歌的场域之中，白日与黑夜婚姻的产儿不是新的彩霞，而是新的诗歌黎明。"[5] 晚些时候，帕拉又在定

1　Enrique Anderson Imbert. *Historia de la literatura hispanoamericana tomo II*. Ciudad de México: Fondo de Cultura Económica, 1961, p. 293.

2　朱景冬：《当代拉美文学研究》，北京：社会科学文献出版社2012年版，第 348 页。

3　许彤：《"反诗人"VS."反诗歌"——智利诗人尼卡诺尔·帕拉侧写》，文艺报：第 005 版，2012 年 05 月 21 日。

4　"土生白人"即"criollo"，指在拉丁美洲出生的欧洲后裔。

5　Nicanor Parra. Poetas de la claridad. *Atenea*, 2009, II Sem (500), p. 183.

义中加入了幽默感这一要素："反诗歌是与元素的自由抗争，反诗人授予自己说出一切的权利，而不必考虑任何可能形成理论公式的实际成果。结果就是：反诗人将被宣布为不受欢迎的人。反诗歌谈论着梨，却完美地产出苹果。世界不会因此而低头。如果它低头了，那更好，这正是反诗歌的最终目的——给那些腐朽僵化机构的虫蛀基石当头一棒。"[1]

帕拉所谓的"白日"之诗是指抒情诗歌，包括他三十年代所创作的作品；而"黑夜"之诗指的便是超现实主义。[2]"反诗歌"是"白日与黑夜婚姻的产儿"，它要做的就是综合这二者，将理性与生活融入统一的创作中。[3] 虽然帕拉没有给出严格的定义，但从他的作品或访谈的阐释来看，"反诗歌"就是在传统诗歌的基础上吸收超现实主义的风格，使用大众的语言和意象、以幽默和讽刺的语调自由地表现社会问题，其最终目的是对现实世界的揭露和反思。

---

1 Pablo Neruda, Nicanor Parra. *Discursos*. Santiago de Chile: Nascimento, 1962, p. 13.

2 帕拉在访谈和文章中经常称 20 世纪的抒情诗歌，包括自己前期的诗歌中表现的是"白日之光"（la luz del día），称超现实主义诗人为"黑夜诗人"（los poetas nocturnos），并明确表示反诗歌是"白日与黑夜婚姻的产儿"（el hijo del matrimonio del día y la noche）。

3 Ricardo Yamal. La Antipoesía de Nicanor Parra y su deuda con el Surrealismo. *Chasqui*, 1987, 16 (1), p. 26.

1.3.3 "反诗歌"的范围

既然"反诗歌"并不单纯指帕拉创作的诗歌,而是有一个明确的定义,那么随之而来的自然是两个问题:"反诗歌"之外的帕拉和帕拉之外的"反诗歌"。

从帕拉自己对"反诗歌"的描述和他前后所受不同流派的影响来看,"反诗歌"必定是从20世纪40年代之后开始创作的,即从选集《十三位智利诗人》、诗集《诗歌与反诗歌》开始。但这并不意味着此后帕拉的创作都是"反诗歌",我们仍需通过"反诗歌"的特征来进行分辨,而不是贸然将帕拉所有的诗歌写作都归入"反诗歌"名下。

《诗歌与反诗歌》包括了三个部分,以"I""II""III"划分,并没有更多的解释。其中第一部分包括《快乐的一天》(*Hay un día feliz*)、《这是遗忘》(*Es olvido*)、《歌唱大海》(*Se canta al mar*)等七首诗,第二部分包括《给鸽子的颂歌》(*Oda a unas palomas*)、《墓志铭》(*Epitafio*)等六首诗,第三部分包括《警告读者》(*Advertencia al lector*)、《钢琴独奏》(*Solo de piano*)等十六首诗。帕拉自己曾说,第一部分中的《这是遗忘》、《歌唱大海》、《快乐的一天》是为了抨击"黑夜之诗"而写的,"是对安吉塔诗选的一个反叛,是超现实主义奖牌的反面"。[1] 马里奥·贝内德蒂

1　Nicanor Parra. Poetas de la claridad. *Atenea*, 2009, II Sem (500), p. 182.

也曾评论说，"这场革命（即'反诗歌'）开始于第二部分的六首诗歌。一开始显得有所克制，随后在第三部分的十六首诗中变得更加具体，至少包括了三个引人注意的标题：《现代世界的弊端》（*Vicios del mundo moderno*）、《毒蛇》和《一个个体的独白》（*Soliloquio del individuo*）"[1]。

因而至少可以认为，《诗歌与反诗歌》中三个部分的创作时间并不一致，诗集的第一部分是早些时候写成的，当时帕拉还专注于反叛先锋派的写作风格，虽然从字里行间里展现出了独特的叙述节奏和语调，但还未完全走入融合与反叛的创新之路。在经过第二部分的创作阶段过渡后，第三部分则开始他对人类的拷问、对现代世界的批判，开始他语气平淡却暗流涌动的叙述。哈罗德·布鲁姆曾专门提到的三首帕拉的诗歌均出自这一部分：

我读帕拉的第一首诗是《青春的回忆》（*Recuerdos de juventud*），是我朋友威廉·默温翻译的。这首诗让我着迷了很长时间：

我脑子里想着晚餐时瞥见的一块洋葱，

想着将我们与其他深渊隔开的深渊。

这首诗让我想起易卜生在《培尔·金特》中将灵

1　Mario Benedetti. *Letras del continente mestizo*. Montevideo: Arca Editorial, 1967, pp. 107−108.

魂比作洋葱。那时我还读了《黑洞》(El túnel)——一首狂暴而令人着迷的诗,也由默温出色地译成了英语。

我最喜欢的帕拉的一首诗是《戒板》(Las tablas)。这首诗既好笑又歹毒。它对我自身的阴暗揭示使我无法平静。我不知道还有什么形态比摩西十诫版更原初。可能对于帕拉来说,西奈山的石头象征着聂鲁达、米斯特拉尔和维多夫罗的力量。[1]

帕拉的"反诗歌"到了诗集第三部分终于成熟破茧,并在之后的诗集《长奎卡歌谣》(La cueca larga,1958)、《沙龙篇》(Versos de salón,1962)、《俄罗斯歌谣》(Canciones rusas,1967)等作品集中一路前进与发展,一次次被诠释、被丰富、被完善。

1.3.4 "反诗歌"的特征

当聂鲁达被称为"诗人预言家"(poeta vate)[2],当维多夫罗以"小上帝"(pequeño dios)[3]比喻诗人,在这些渲染诗歌神圣性的背景下,帕拉开始了接近民众的创

1　Nicanor Parra. *Obras completas & algo +*. *Vol. I*. Barcelona: Círculo de Lectores, 2006, p. XXVII.

2　Virginia Vidal. *Neruda. Memoria crepitante*. Santiago de Chile: Ediciones Radio Universidad de Chile, 2015.

3　Vicente Huidobro. *El espejo de agua y ecuatorial*. Santiago de Chile: Pequeño Dios Editores, 2011, p. 13.

作。帕拉认为，"诗人不过是芸芸众生中普通的一个，诗人可以是任何人"[1]。

为了成为"芸芸众生中普通的一个"，并完成对现实世界的批判和揭露，帕拉在语言形式和内容核心两方面都形成了自己的特色。

在"反诗歌"出现之初，并非所有人都认同这种写作。卡洛斯·波夫莱特在《智利诗选》（*Exposición de la poesía chilena*）中收录了帕拉两首诗，并附以这样的嘲讽："肤浅短命的诗歌，就像其他无法从人类的深刻现实中汲取营养的那种诗一样。"《拉丁美洲文学史》的编者恩里克·因贝尔特曾经这样讽刺道："（反诗歌）是采用叙述性材料的传统诗歌，是喝了几杯超现实主义的酒之后脑袋朝地摔。这么四脚朝天地看，日常的世界就显得很怪诞了。"[2]

到了1971年，费尔南多·阿莱格里亚概括了"反诗歌"的三个特征：叙述、幽默和口语化语言。[3]这与十年前及二十年前的评论提出的重点和方向已经有所不同。

1　Ricardo Yamal. La Antipoesía de Nicanor Parra y su deuda con el Surrealismo. *Chasqui*, 1987, 16 (1), p. 26.

2　Enrique Anderson Imbert. *Historia de la literatura hispanoamericana tomo II*. Ciudad de México: Fondo de Cultura Económica, 1961, p. 293.

3　Fernando Alegría. *Literatura y revolución*. Ciudad de México: Fondo de Cultura Económica, 1971, p. 204.

从"反诗歌"的含义以及前后的评论来看,在此我们可以将其特征主要归类为以下几点。

其一是语言与意象上的特点,即阿莱格里亚所说的"口语化语言":早在作为"明晰派"诗人进行创作时,帕拉就已经明确要使用大众理解范围内的语言,创作所有人都能够理解的诗歌,这种精神一直延续到他的"反诗歌"中。"反诗歌"采取的是日常的语言,不像超现实主义那般无限内化诗歌意象,把诗歌变成隐蔽的抒情和错综的结构,而是追求最大程度的透明清晰。与口语化的特征相搭配的便是诗歌意象的日常化。"反诗歌"很少描写传统诗歌中虚幻优美却与日常生活相去甚远的事物,而是借助普通人能够接触到的意象进行书写。口语化和日常化作为帕拉诗歌中普遍的表现形式,一方面将诗歌从内部打开,"反诗歌"不再拘于诗高高在上的文学形象,而是作为深入读者、深入人性的尝试和发声。同时,这也是诗歌本身在跨过漫长历史变迁后的另一次探索和转变。

其二是"反诗歌"在写作风格或技巧上的特点,表现为怪诞、冷抒情叙述及讽刺的语调。如同恩里克·因贝尔特"喝了几杯超现实主义的酒之后脑袋朝地摔"的描述,帕拉的诗歌在习惯了日常生活秩序的人眼前是夸张、变形而怪诞的。但因贝尔特倾向于认为这种怪诞只是作者自己的游戏,只是为艺术而艺术的一种别出心裁的方式。其实,正如贝内德蒂所言,"诗人展现的并非'四脚朝天看到的世界',而是我们认为正常的世界。诗人挑起的新视角照亮并揭露了散布的伪装下最糟糕的疮口。因而这个世界并不怪诞，而是悲剧的，其荒谬显而易见"[1]。帕拉风格中的怪诞是为了揭示这个世界的怪诞，他以陌生化将罪恶可笑的世界暗面摆放到读者面前，这种怪诞并非没有意义的游戏，而是一种抨击和唤醒。

在描述荒谬怪诞的世界时，帕拉使用的是一种抽离的叙述，或者接近罗兰·巴特理想中的"零度叙述"。这种冷漠疏离的叙事直接带来了"反诗歌"中的讽刺语调。帕拉的诗歌可能会让人觉得是阴阳怪气的冷嘲热讽，这应该也就是卡洛斯·波夫莱特和维克多·卡斯特罗认为他"肤浅"、"轻浮"的原因。疏离的旁观者、怪诞的描写和偶尔的戏谑嘲弄带来一种嘲笑或讽刺的效果。即便是对文学一窍不通的人也能敏锐地感觉到其中的讽刺。如此一来，帕拉的诗歌对于大众而言便是可感的，是可以激起某种情绪的，这使得帕拉的诗歌更容易走近大众，即便是以一个一开始容易被误解的形象，但也能巧妙地引起同代人的警觉。

总而言之，帕拉"反诗歌"中的口语化、日常化特点是帕拉对于诗歌自身意义的拓展与探索，同时也是为了走向群众必然要走出的一步。而"反诗歌"怪诞、冷叙述和讽刺的语调，一方面继承了欧美诗歌的

---

1 Mario Benedetti. *Letras del continente mestizo*. Montevideo: Arca Editorial, 1967, p. 109.

风格并进一步融合与发展，另一方面又让他的诗歌能以独有的效果击中人心，揭露现实、质问怒骂以引起人们的警觉。"即使荒诞不羁，在结构与诗句中，可以看出帕拉将矛盾直指人类的深刻命题：死亡、生活、家庭，爱、性与神。虽然大部分时候你只能看到笑话和讽刺，但这都是帕拉的祛魅和独特表述。"[1]

因此，"反诗歌"是帕拉对于诗歌形式与意义两者可能性的一次尝试，是在阅读了同时代的文学、体悟了当下社会后进行的回应，是帕拉对诗歌的定义和内涵、对诗人的使命与责任的一次回答，是帕拉的"诗歌何谓"与"诗人何为"。

二 走下神坛的诗人

在与莫拉莱斯的访谈中，帕拉提到："文学性的表达已经被口头话语所代替，似乎今天的诗人像散文家一样，在那些语言的精髓中寻找每个国家的文化精神……我们今天已经不关心为文学而文学，而是为了人而文学。我们一直在寻找自我……似乎口语词是一个可能性，而其他方向则'此路不通'。"[2]口语化的语

---

1 Ricardo Yamal. La Antipoesía de Nicanor Parra y su deuda con el Surrealismo. *Chasqui*, 1987, 16 (1), p. 29.

2 Rosa Sarabia. *Poetas de la palabra hablada: un estudio de la poesía hispanoamericana*. London: Tamesis, 1997, p. 52.

言是帕拉"反诗歌"明显的特点之一。与口语一同进入诗歌的是日常生活的琐碎意象，这种日常化与诗人对其身份的日常化一同，成为帕拉理想诗歌的理念之一，也即"反诗歌"之"反"。

2.1 "诗人不是炼金术士"

2.1.1 光环的跌落：现代社会的诗人形象

诗歌在文学题材之中拥有独特的光晕，诗人似乎应该是"啜饮大气精华者"、"美味佳肴的品尝者"[1]，因其神圣的书写而在众生之中享有独特的地位。聂鲁达的"神圣奶牛"、巴勃罗·德罗卡的"愤怒公牛"、维多夫罗的"小上帝"[2]，无疑不在赋予诗歌某种异于他者的神圣或超前意义。

而帕拉则称："我们坚信 / 诗人不是炼金术师 / 诗人是普通人 / 是砌墙的瓦工：/ 是造门造窗的建筑工。"（《宣言》[Manifiesto]）。"反诗歌""让诗人走下神圣之地，不再拥有传统所予之的牧师或神谕意义"[3]。这是帕

1　波德莱尔：《巴黎的忧郁》，胡小跃译，上海：上海文艺出版社 2006 年版，第 205 页。

2　Nicanor Parra. *Obras completas & algo +. Vol. I.* Barcelona: Círculo de Lectores, 2006, p. 146.

3　Juan Andrés Piña. *Conversaciones con la poesía chilena.* Santiago: Pehuén Editores, 1990, p. 15.

拉"反诗歌"最本质的"反叛"：重新定义诗人的身份和意义。

这种诗人身份的解构首先表现在最直接的对诗人、创作者或诗歌声音发出者的去神圣化描写上。在《墓志铭》一诗中，叙述者的身份并没有落实到诗人本人上，但在"身为一位小学老师／和女裁缝的长子"与帕拉真实情况的暗合下，我们似乎可以将全诗视为诗人对自己的自嘲描述——"脸颊凹陷／耳朵丰满；／四方形的脸上／微微张开一双眼睛／混血拳击手的鼻子下边是／阿兹特克神的嘴唇"。诗中的描写既没有显出很强的文学性，也没有进行任何美化，简单真实甚至近乎粗俗，诗人"智商并不超群也不算太蠢／简单地说，我在世时曾经是醋和油／搅拌在一起的混合体"。在《自画像》（*Autorretrato*）中，诗人则对自己的社会身份进行了辛辣的讽刺："我是个不起眼的中学教师，／因为教课而失去了声音。"，"而我的眼睛，三米之外／哪怕是我的母亲我也看不清。／这是为什么？很简单。／因为教课我毁了自己的眼睛：……而这一切图的是什么？／给自己挣一口可怜的面包／比一个布尔乔亚先生的脸更僵硬的面包"。在"反诗歌"中，诗人被抹去了智识或创造力上的优越性，甚至不再拥有诗人的身份，而是在没有诗学象征的日常世界中平凡生活甚至坚苦无依。

关于丢失光环的诗人，最著名的应该是波德莱尔在《巴黎的忧郁》中的描述：诗人和朋友相见于一个

"低级的场所"，朋友表示惊讶，而诗人则说："刚才，我急匆匆地穿过马路，跃过泥泞，越过死神从四面八方同时飞来的大混乱时，在泥泞中蹦跳。就在这猛烈的动作之中，我的光环从头上滑了下来，落到了碎石路面上的烂泥中。"而诗人觉得这并没有什么不好的："我现在可以隐姓埋名地到处走，干些下流的勾当，像普通人那样放荡一番。您看，我现在跟您完全一样了！"[1]

这种诗人光环的失落是由现代社会城市生活发展带来的迅速冲击以及文学变成贩卖的文本后崇高感缺失造成的，是由现代社会发展被迫完成的去神圣化。在帕拉的诗里，诗人置身于现代社会的车流中，跌落了光环，安于其中。

为了得到穿行于车流之间、生活在当下社会的力量，诗人必须首先是人，然后才是诗人。"女士们先生们／这是我们最终要说的话。／——是我们的第一句话，也是最后一句话——／诗人已经从奥林匹斯山走下来了。"（《宣言》）在现代社会，诗人只有将自己置身于普通大众中，不再一味追寻曾经的玫瑰与牧歌，才有可能真正融入这个社会，找到属于这个时代的诗歌。

1　波德莱尔：《巴黎的忧郁》，胡小跃译，上海：上海文艺出版社2006年版，第205页。

2.1.2 言说的失效：对诗人语言掌控力的质疑

除此以外，在"反诗歌"的逻辑里，诗人神圣形象的丢失还有一条暗置的缘由："反诗歌"质疑诗人对语言的掌控力。

在《诗干掉了我》（*La poesía terminó conmigo*）中，帕拉表示，"诗表现得很好 / 是我一点儿都不尽责"。诗歌与诗人被拆分成两个主体，诗歌或语言本身具有了某种自主性，而诗人在其中的能力是值得怀疑的。《我的舌头粘在了上颚》（*Se me pegó la lengua al paladar*）中，诗人叙述了一种无法说话的状态："正当我渴望表达什么时 / 舌头居然粘在了上颚 / 无法说出一个完整的句子。"仔细想来，诗人描述的状态似乎是对言说的某种隐喻，因为"疼痛令我不能说话 / 只能吐出一些孤立的单词：/ 树，阿拉伯，影子，墨水 / 难于拼成一个完整的句子"。诗人强调的"孤立的单词"、无法构成的"句子"和无法言说的"痛楚"体现了一种在语言生成和表达上的无力，它更贴近于诗歌创作中无法找到最佳组合或表达的痛苦。诗人无法说出完整的句子，于是交出这种言说的主动权。这更像是帕拉对自己或者整个诗人群体的描述，诗人不再神圣，对自身的语言或诗歌掌控力持怀疑态度，甚至失去原有的言说权利，于是交出部分或所有生成意义的材料。在《我撤回所说的一切》中，诗人请求读者烧掉他的书："它不代表我的想法 / 即使它是用鲜血写成的 / 但它不代表我的想法。","带着巨大的痛苦 / 我收回我所说的一切"。帕拉将自己塑造成词不达意的糟糕诗人,这暗示了一点:世界上的诗人并不都是天才的、超人的、神圣的,也有蹩脚的、苦痛的、和普通人一样的诗人。

这种对诗人掌控力的怀疑打破了诗人的神话,让诗人重新回到普通人当中。当帕拉对诗人的语言掌控力提出质疑,并对诗歌整个语言体系进行反思后,一条新的诗歌道路产生了:新的社会现实需要一种更有力的语言,需要诗歌语言对当代经验进行一次重新命名。反诗人决定开启这次再命名,使用的新语言便是作为普通人的诗人所说的口语,而这种书写能最有效地让现实和思考到达读者,即所谓"以陆地的诗反对云上的诗"。

2.2 "以陆地的诗反对云上的诗"

2.2.1 诗歌的活力:"反诗歌"的口语化和日常化

当反诗人走下神坛、在语言中失去权威地位,便作为普通人重新获得了生命活力,也亟需找到一种全新的历史担当与书写形式。这又回到了一开始的拉丁美洲诗歌发展倾向的问题:诗歌要处理人类经验,要对社会和历史有所承担,这种有所担当的诗歌书写同样是帕拉寻求的。无论是为了让诗歌走进大众,还是为了安身于现代世界进而完成对当下生活的把握，二者共同指向了一种更平等、更有效的写作——口语化和日常化的诗歌。

《宣言》一诗中，帕拉明确地指出："*我们的语言 / 是日常语言 / 我们不相信喀巴拉符号*。"任何读到帕拉原文的人都能清晰地感受到帕拉诗歌的口语性：使用简洁明了的单词、俗语的表达、较少出现句子成分的倒置。

帕拉诗歌的口语化有一个可见的过程，"《诗歌与反诗歌》第一部分的诗歌都是在文学语言与口头语言之间转换，在诗歌和反诗歌之间转换"[1]。这一特点在《歌唱大海》中尤为明显，诗歌开头如此说道："*没有什么可以从我的记忆中摆脱 / 那盏神秘的灯发出的光，/ 它对我的眼睛产生的影响 / 以及留在我灵魂中的印象*。"（Nada podrá apartar de mi memoria / La luz de aquella misteriosa lámpara, / Ni el resultado que en mis ojos tuvo / Ni la impresión que me dejó en el alma.）从颠倒的语序、"神秘的灯"的浪漫化形容、"灵魂"这类虚体意象的使用可以看出，这段开头是偏书面的西班牙语表达。而接着诗人说，"*容我，伴随着喉咙最好的回声，/ 来自我解释一下*"（Voy a explicarme aquí, si me permiten, / Con el eco mejor de mi garganta）。这里出现了

1　William Rowe. *Poets of Contemporary Latin America: History and the Inner Life*. New York: Oxford University Press, 2000, p. 34.

向外的趋势：诗歌中出现了隐含的他者，诗人礼貌询问"容我解释"的对象。诗歌从诗人的孤独自白变成了一个开放场景，有了与他人沟通的希望，而读者则在这样有所指向的礼貌中受到召唤，自然地进入诗人的语境。但是，正如诗人所说，"还没有写第一首诗 / 还没有流下第一滴眼泪"，诗人或发声者以一个诗歌初学者的身份出现，放低姿态的同时也让这种语言风格的变换更加明显：

> 父亲突然抓住了我的胳膊
> 眼睛转向那洁白的，
> 自由的和永恒的浪沫
> 正于远处驶向一个没有名称的国度，
> 他犹如祈祷，在我耳边用一种至今
> 难以忘怀的声音，说了一句：
> "孩子，这，就是大海。"宁静的大海，
> 用水晶框住祖国的大海。

诗中对海的描写仍然偏向书面语言，出现了大量如"自由"（libre）"永恒"（eterna）"水晶"（cristal）等虚化、正面、描述性的形容或比喻，而这些在帕拉之后的作品中都越发少见。另外值得注意的是，这里出现了"父亲"语言的介入。帕拉将这种语言形容为祷告词，无疑是将这一言说行为仪式化、程式化了。但"父亲"只有一句话，而且显然是简单日常的语言。他

远望的海，是"洁白、自由而永恒的"，是浪漫化的；他说出的不过是"*孩子，这，就是大海。*"（Este es, muchacho, el mar.）这样简单平淡的句子。因此这里出现了两组矛盾：祈祷的仪式感与父亲普通口语的矛盾、父亲普通语言与诗意的大海描写的矛盾。这两种矛盾产生了一种偷换效果，仿佛父亲本来应该说出更隆重、更诗意的语言，却被帕拉简化成了再简单不过的"*这，就是大海*"。这或许是帕拉有意用这种微妙的融合宣告日常语言的介入，也或许只是因为帕拉在转向"反诗歌"创作的初期，还没能完好地处理和使用不同的语言风格。但无论如何，这种组合和切换在《诗歌与反诗歌》初期的作品中体现出来，并在之后被更自然、日常或者更粗俗的语言代替。

《诗歌与反诗歌》第三部分的诗歌里，"帕拉放弃了两种语言间的转化，只使用对话中可能出现的语言材料。同时，诗歌倾向于成为独立的场景，就像一场戏剧性的演讲，而不是记忆或者某个先前场合的再造"[1]。帕拉在一次采访中说："我的诗都是通俗诗，是口语的投影。"[2]他不再着重于描写虚构的叙述场景或调动往昔的回忆，而是更加注重诗歌语境的即时性。"反

---

1 William Rowe. *Poets of Contemporary Latin America: History and the Inner Life*. New York: Oxford University Press, 2000, pp. 34-35.

2 Mary Z. De Shazo. Nicanor Parra: una poesía comunicativa. *Chasqui*, 1973, 3 (1), p. 28.

诗歌"的场景几乎完全是当下性的，意象并不作为搭建虚幻大厦的砖石，而是作为重塑日常经验的材料而存在。

如《青春的回忆》的开头："实际上我当年一直徘徊不定地走着，／途中偶尔撞到一些树，／撞到各种乞丐，／在堆积如山的桌椅中我为自己开道，／提心吊胆地望着大片树叶落地。"对比聂鲁达《马丘比丘之巅》的开头："从空旷到空旷，好像一张未捕物的网，／我行走在街道和大气层之间，／秋天降临，树叶宛如坚挺的硬币，／来到此地而后又别离。"[1] 帕拉的诗虽然以《青春的回忆》为名，把时间定位在一个理应激情蓬发、热血沸腾的人生阶段，却由一种近乎鸡毛蒜皮、远离激情甚至游离于广大世界之外的体验开头。树就是树，乞丐是乞丐，"我"就是"我"，诗歌主体就是日常事物中的一个普通人。而聂鲁达的诗则不然，诗人的灵魂发芽飞长，从当下的空间发散到整个宇宙。"我"不是走在街道上，而是走在"街道和大气层之间"，发声者的能量马上充盈了整个宇宙。聂鲁达的诗歌常常靠诗人的澎湃激情感染大众，这种能量其实是源源不断地来自诗人自身的。但帕拉限制了诗歌言说的对象，将场景锁定在每个人的日常中，这种场景成为了诗人和读者共享的经验，读者通过日常生活的相

---

[1] 聂鲁达：《马楚·比楚高峰》，蔡其矫、林一安译，《诗刊》，2010 年（587），第 74 页。

似性激活这种感受，从自己的感受中得到体悟。

在"反诗歌"中，诗人以普通人的身份进入和体悟现代生活，抓住了迸发生命活力的书写形式——口语化和日常化的书写。这种口语的日常书写鲜活生动、紧扣生命体验，也帮助生成了帕拉诗歌中引人瞩目的特点：对话性。

2.2.2 词语的触碰："反诗歌"的对话性

斯蒂芬·哈特在《剑桥拉丁美洲诗歌指南》(*The Cambridge Companion to Latin American Poetry*)中谈到"对话性诗歌"(conversational poetry)时，援引了大卫·费里的观点："美洲诗歌引人注意的特点之一便是自由使用口语、俗语和非文学化语言的风格。"[1]

"反诗歌"或诗歌的对话性产生于上文所说的口语化和日常化，其内在能量在于日常语言与生命是同构的："口语即生命。口语和生命的同构特征首先在于它们都具有身体性。这一身体性又首先体现在身体参与口语和生命创造的直接性。生命需要人身体力行，幻想、想象或者任何思维活动都无法完成日常的琐碎，无法代替真实的生、老、病、死。"[2]

1　Stephen Hart. *The Cambridge Companion to Latin American Poetry*. New York: Cambridge University Press, 2018, p. 64.

2　陈钰文：《作为生活方式的口语及其诗歌写作——从第三代诗歌口语化谈起》，陕西师范大学：硕士论文，2009 年，第 14 页。

日常口语让读者更能靠近并融入诗歌，搭起了诗人到读者内心的桥梁。但这只是第一步，"反诗歌"对话性的特色在于读者在诗歌中的存在。最明显可见的是"反诗歌"中频繁出现的第二人称标记：如"你""你们""女士们先生们"等明确的呼语，第二人称或第二人称敬语的动词变位等所隐含的指向。与其他诗人不同的是，"反诗歌"中这种第二人称标记往往直指读者。

聂鲁达的诗歌中也经常出现对"你"的呼唤和对话，如《西班牙在我心中》的开头：

> 首先，请你停下来，垂顾
> 纯洁而凋零的玫瑰，停下来看
> 苍天和空气和大地之源，听一支
> 轰烈的歌的志愿，听一支
> 雄壮的歌和钢铁
> 收拾战争和腥血的愿望。[1]

但帕拉与聂鲁达有根本性区别：聂鲁达诗中的"你"不一定是能够阅读并与之互动的读者，"你"还有可能是对泛指的读者、对事物、甚至对国家的称呼。这种第二人称的呼语只是为了拉近与所称之物的距离，

1　聂鲁达：《聂鲁达抒情诗选》，陈实译，长沙：湖南文艺出版社1992年版，第41页。

完成诗歌内在的对话，不是意在将读者收纳进诗歌的空间。也因此，聂鲁达在呼语之后是转向自身的，声音不断地来源自聂鲁达。"你"的呼唤过后，诗歌还是会归向诗人"请你……"的言说。这种诗歌是单向的，读者仿佛存在，但诗歌只是诗人絮絮叨叨的独白。而在"反诗歌"中，"你"往往就是指任何可能读到"反诗歌"的人。随后被呼语召唤的读者在诗行中现形，产生下一步行动。帕拉在诗歌中预留了读者的坐席，通过预判或回答式的交流完成诗人与读者的往来，也便形成"反诗歌"独特的对话性：

> 半个世纪以来
> 诗歌一直是
> 那些庄重傻子们的天堂。
> 直到我和我的
> 过山车出现。
>
> 你们如果愿意，就坐上来吧。
> 当然，要是你们下车后七窍喷血
> 本人概不负责。
> （《过山车》）

《过山车》中，诗人对读者进行呼唤，邀请读者登上自己在诗歌中搭建的过山车："你们如果愿意，就坐上来吧。"但是帕拉在这一祈使句中礼貌地询问了对方的意愿，在召唤的同时顾及了读者的意愿。正是诗人往后退一步的礼貌行为为读者让出了空间，被召唤而来的读者在"反诗歌"中出现，成为真正存在的个体。随后，诗人进一步与这个个体进行交互，"要是你们下车后七窍喷血／本人概不负责"。这一逻辑的进展进一步确认了过山车和搭乘邀请的存在，也进一步确认了读者"你们"的存在。读者不再作为诗歌的接受者出现，而是仿佛参与了帕拉的言说过程。在帕拉的召唤、后退、询问、交谈之中，读者真正进入了"反诗歌"，不再是传统诗歌中泛泛的指向或抒情的手段。

读者出现在"反诗歌"中，而且被邀请参与对话。在《TEST》中，"反诗歌"不是电影式的呈现，而是变成了游戏性的交互：

反诗人是什么：

一个经营选票箱和棺材生意的商人？

一个没有信仰的神父？

一个怀疑自己的将军？

一个嘲笑一切（甚至包括衰老和死亡）

的流浪者？

一个差劲的交谈者？

一个悬崖边缘的舞者？

一个热爱一切的自恋狂？

一个阴险歹毒

以卑鄙取乐的小丑？

一个在椅子上睡觉的诗人？

一个现代的炼金术士？

……[1]

　　反诗人不仅在诗歌中给读者留出空间，甚至邀请读者一起进入"反诗歌"的对话和创作中。诗人将自己变成出问卷的人、被动的询问者，将笔和意义交到了读者的手中。这一举动可谓狡猾，诗人将自己的存在隐藏进混杂的选项中，而读者则必须承担起选择的义务。而这一选择需要读者进行思考，读者面对问卷，不得不开始深入地琢磨。这也正是帕拉想要的结果——读者在反诗人提供的材料上开始自己的意义探求过程，并且在阅读和回答中真正完成了"反诗歌"。

　　不过，诗人在"反诗歌"中也不是一味后退。正是读者的现形让诗人得以再次前进："我不允许任何人说 / 不理解我的反诗歌 / 大家应该轰然大笑才是。"（《警告》）读者的存在让诗人的表达能够更进一步。诗人不准任何人对他说自己看不懂"反诗歌"，这一要求是建立在可能有人说自己看不懂"反诗歌"的基础上的。也即诗人预留了读者的空间、预判了读者的反应并作出回答。这一转换让"反诗歌"不再是诗人表

1　《TEST》这首诗并没有被收录进《反诗歌：帕拉诗集》中，此处节选的段落采用的是译者袁婧的翻译。

演式的独白，而是形成了有来有回、见招拆招的交流。

帕拉在一次访谈中曾说，"要注意，读者是梦游者。必须叫醒他们！诗歌不是毒品或麻醉品。我喜欢攻击，攻击性是最基本的。比起超现实主义者，我大概更是个达达主义者。我喜欢掀起风波。读者总是在睡梦中行走：必须猛烈地摇晃他们"[1]。对话性便是诗人用以掀起风波的手段，如同梦游一般的读者在帕拉精心铺设的道路上走向诗歌内部，完成这种对话。《警告读者》中的某些观点可能正好是某个读者内心的想法，读者进入此处，便在巧合下心中一惊，随后在诗歌的对话中得到诗人的回答；而不同意诗中观点的读者，则小心地审视这些想法，顺着诗歌的推进听到回答。"反诗歌"的对话性让读者在不知不觉间坐下来，放松地理解诗中的内容，并开始自己的省察和思考。

正如阿方索·雷耶斯所说，"我们在书中所读的不是语言，而是某一个瞬间语言的画像或倒影，是生活燃烧后掉落的冰冷灰烬。就像语言的痕迹……只有平民百姓有勇气创新、有勇气发音不标准，慢慢改变词语和表达。这给了它们生命"[2]。口语化和日常化最大程

1　Mary Z. De Shazo. Nicanor Parra: una poesía comunicativa. *Chasqui*, 1973, 3 (1), p. 27.

2　Alfonso Reyes. *De la lengua vulgar // Antología: Prosa, teatro, poesía.* Ciudad de México: Fondo de Cultura Económica, 1963, p. 65.

度地接近了人的生命体验，成为"反诗歌"的活力源泉，也让读者更容易地进入诗歌，在诗人预留的位置中对话并体认"反诗歌"的现实。正如帕拉自己所说："我的诗除了是诗以外，还是戏剧性的发言，因为在我的诗歌里有有血有肉的人。没有文学性的苦心雕琢。只有'某事'发生在'某人'身上，例如您和我。"[1]

当诗人走下神坛，用口语和日常完成与读者的对话，完成对现实的反思与指认，也便立身于现代社会，寻得了具有当代意义的诗歌：

> 当他们喜欢
> 晚霞的诗
> 夜晚的诗
> 我们主张的
> 是黎明的诗。
> 我们的宣言如下：
> 诗歌的光芒
> 必须平等地照耀每一个人
> 诗歌可以打动所有人。
> ……
>
> 我们反对

1　Mary Z. De Shazo. Nicanor Parra: una poesía comunicativa. *Chasqui*, 1973, 3 (1), p. 28.

云上的诗

提倡陆地的诗

——清醒的头脑，炽热的心

我们是坚定的在地者——

反对咖啡馆的诗

力推大自然的诗

反对休息室的诗

倡议

社会抗议的诗。

诗人从奥林匹斯山走下来了。

（《宣言》）

　　总结而来，帕拉的"反诗歌"是口语化、日常化的，运用冷抒情的叙述语调描写了一种怪诞的日常场景，这种叙述使"反诗歌"充满了幽默和讽刺意味。这些元素的使用背后所体现的，正是帕拉对诗歌本真的探索和对人类意义的追问。20 世纪以来的文学否认了人的神圣性和人类理性的崇高，揭示了人类存在的虚无和渺小，否定了人类历史与文明的意义。但即便如此，"反诗歌"仍然选择跳出来，承认人乃至诗人的有限性，依旧直面和抨击现实，试图叫醒浑噩的读者。

■

磨铁诗歌译丛 ｜ 当代诗人系列

《这才是布考斯基：布考斯基诗歌精选集》
查尔斯·布考斯基（美国）著 伊沙、老G 译

《关于写作》
查尔斯·布考斯基（美国）著 里所 译

《关于猫》
查尔斯·布考斯基（美国）著 张健 译

《边喝边写》
查尔斯·布考斯基（美国）著 张健 译

《爱情之谜》
金·阿多尼兹奥（美国）著 梁余晶 译

《疯子：西米克诗集》
查尔斯·西米克（美国）著 李晖 译

《以欢笑拯救：西米克散文精选集》
查尔斯·西米克（美国）著 张健 译

《宇宙宝丽来相机：谷川俊太郎自选诗集》
谷川俊太郎（日本）著 宝音贺希格 译

《反诗歌：帕拉诗集》
尼卡诺尔·帕拉（智利）著 莫沫（秘鲁）译